走出内心的孤岛

恋上一滴泪 ———— 著

江苏凤凰文艺出版社
JIANGSU PHOENIX LITERATURE AND ART PUBLISHING, LTD

图书在版编目（CIP）数据

走出内心的孤岛 / 恋上一滴泪著 . -- 南京 : 江苏凤凰文艺出版社 , 2018.12
ISBN 978-7-5594-2011-4

Ⅰ . ①走… Ⅱ . ①恋… Ⅲ . ①故事－作品集－中国－当代 Ⅳ . ① I247.81

中国版本图书馆 CIP 数据核字（2018）第 090431 号

书　　名	走出内心的孤岛
作　　者	恋上一滴泪
出版统筹	姚　丽
选题策划	天麦开卷
责任编辑	白　涵　刘洲原
特约编辑	侯亚丽
责任监制	李　响
封面设计	格 · 创研社
版式设计	杨　洋
发　　行	江苏凤凰文艺出版社
经　　销	北京有容书邦文化传媒有限公司 010-56421373
出版社地址	南京市中央路 165 号，邮编：210009
出版社网址	http://www.jswenyi.com
印　　刷	北京盛通印刷股份有限公司
开　　本	880×1230 毫米　1/32
印　　张	7
字　　数	155 千字
版　　次	2018 年 12 月第 1 版　2018 年 12 月第 1 次印刷
标准书号	ISBN 978-7-5594-2011-4
定　　价	39.80 元

p r e f a c e

自序

走出内心的孤岛

我们每个人的身上，总会发生各种各样的故事，有人圆满，有人遗憾，有人知足，有人却只会抱怨。

我出生在一个环境不怎么好的原生家庭里，虽说生活在一线城市，可我的父母却从事着这个城市里最底层的工作。

我从小就没有向父母要过新衣服，新玩具，我玩的、穿的都是亲戚淘汰下来的；父母也没有带我去旅行过，甚至在外面吃饭也是上大学以后的事情了；高中的时候，我的脸上长了一些东西，我妈直接丢来一管几块钱的药膏让我去涂。结果就是引发更严重的过敏，为了把一张脸养回来，我花了两年的时间，用自己辛苦挣来的稿费，跑了无数次皮肤医院。

尽管不愿意承认，我直到现在仍然有着很重的自卑感。觉得自己的家庭不好，父母什么都不懂，也潜意识认为，我将来肯定是个一事无成的人。

我的心里面藏着另外一个世界，这个世界里只有我自己，我不愿意靠近别人，不愿意打开心扉，害怕被伤害，也害怕别人会对我失望。说到底，我是个孤独的人。

一个我比较信任的朋友很认真地对我说："其实你没有必要自卑，也不应该觉得自己孤单。你改变不了你的家庭，你的父母……可是，你可以改变自己啊。"

我问她应该怎么改变呢。

"从改变你的心态开始。"

从第一次听到那句话开始，到现在已经过去了五六年。这几年，我去过很多地方，遇到过很多人，我试着去拒绝沉默，试着去主动接近他人，试着对他人露出真诚的微笑。

慢慢地，我的心态变得积极了一点，性格也变得开朗了一点，不仅交到了朋友，甚至对自己的工作也有很大帮助。

因为心态的改变，我跟父母的关系也逐渐开始缓和，不像从前那么僵硬。

是的，我一直在努力走出那片孤岛。

也许还要很久，才能真正学会和自己握手言和，可一旦开始了，我就不会轻易放弃。

由此，我写下了这本书。想要记录这段过程，也想和翻开书本的你分享。这本书里一共有二十三个故事，和爱情有关，和亲情有关，和友情、成长亦有关。不管在故事里他们经历了多少磨难，最后他们都在尝试着与自己和解，与这个世界和解，走出内心的那片孤岛。

没有那么难的，去做就好了。

感谢这些年来帮助过我的人，因为你们，才有今天和内心孤岛告别的我，也才有了这一个又一个圆满的故事。至于好看与否，交由身为读者的你来评判吧。

恋上一滴泪

目录 contents

Chapter 01

为什么偏偏遇到你

Chapter ○2

很 抱 歉， 不 能 陪 你 到 最 后

目录 contents

Chapter ○3

千帆过尽，总有人在身边

Chapter 04

我有一首歌，想要唱给你听

c h a p t e r

01

为什么偏偏遇到你

有苦又有甜，才叫作生活。

好好过，每一天都是最好的一天。

最 好 的 一 天

到北京的第三个月，我一个人去看了五月天的演唱会。

我不算真正的五迷，几年前我错爱过一个人，他很喜欢五月天，后来找不到他人以后，我便开始听五月天，反反复复地听，慢慢就喜欢上了他们的歌。

我不知道自己为什么去看他们的演唱会，周围几乎都是恩爱的情侣，站在人群中，我显得有些另类和不合群。

当然，也不是只有我自己是一个人来的——程森森和我一样。

她坐在我前面一排，相比我根本不嗨的状态，她一个人倒也能自娱自乐。一场演唱会三十几首歌，只要前奏响起，她都能准确无误地把歌名喊出来。无论是快歌还是慢歌，她都哼得起劲儿，虽然跑调得很厉害。

将近晚上九点半，演唱会快要结束，全场的人都恋恋不舍地喊了很多遍“加班！加班！”，灯光亮起，五月天重返舞台，他们唱了安可曲《突然好想你》。

从开场就表现得很嗨的程森森，一下子变得很悲伤。是的，我从她的后脑勺和背影看出了她的悲伤。她拿着手机，一遍遍地拨打电话。

现场看过演唱会的人都知道，现场信号很弱，环境又太吵，对方可能根本就听不清你说话。

当然，她也没拨通那个号码。

在我的视线范围内，除了她和我是自己来的，其他人身边都有伴，他们甜甜蜜蜜地跟着阿信一起唱《突然好想你》。

明明是悲伤的情歌，被这些恩爱的人一搅和，我快要涌到眼眶的眼泪突然刹住脚步，掉不下来了。

唱完这首歌曲，五月天正式退出舞台，观众们陆陆续续从不同方向离开，而程森森依旧坐在椅子上——她在哭。

我也不知道自己为什么没走，反而往前跨了一步，来到她身边。

“喂，你没事吧？”

她抬起头，我这才看清她的长相，她长得很可爱，从侧脸看有点像江一燕。

“既然都是五迷，既然都是一个人来看演唱会，走吧，我请你撸串去！”我笑着对程森森说。

而她，竟然爽快地点头答应。

程森森是在五月天的演唱会上遇到林涛的，那已经是五年前的事了。

当时她刚来北京，每个月拿两千元的实习工资，房租花掉一半，剩下的一半中有七百是给家里的,三百是给自己的。她家祖辈都是农民，父母年纪大不能下地劳作，家里还有一个在读书的弟弟，他们只能依靠她。

程森森很节省，她从不喝饮料、吃零食，周末也不会出去玩，有时候会因为白天吃太少而在半夜饿醒。这个时候，水都能被她想象成美味的食物咕噜咕噜喝下去，等肚子胀胀的再跑去睡觉。

程森森从高中开始就喜欢听五月天的歌，生活再难，只要听到阿信的声音，她就会被治愈。

她很想去看他们的演唱会，可是她没有钱。她不想错过这个机会，于是硬着头皮向上司借了五百元钱，买了一张四百元钱的演唱会门票。

程森森觉得，有幸去看一场五月天的演出，未来十年她都不会后悔。因为，那是五月天第一次登上鸟巢的舞台。

她想着下个月努力工作把钱还了就好，哪里想到在去看演唱会的路上，上司打来电话，问她演唱会结束以后要不要在附近见面，对方的语气很暧昧，她再傻也不会听不出这话里的意思。

她如愿见到自己最爱的、类似精神支柱的五月天，却在人群里哭红了双眼，林涛当时坐在她身边，几乎全程都在照顾她的情绪。

程森森觉得，喜欢五月天的人，都很善良吧。她当时觉得，林涛能对一个陌生人这么好，心地一定很善良。

她是一个人来的，林涛也是一个人。

程森森对我说：“林涛当时还以为我是被哪个渣男甩了呢。”

演唱会结束后，程森森的上司竟然跑来出场口等她，她无比害怕，一直问身边的林涛怎么办。

林涛知道来龙去脉之后，毫不迟疑地抓着她的手腕，走到程森森的上司面前，帮她把那四百元钱给还了。

程森森的上司气得眼睛都快要瞪出来了。

为了表示感谢，程森森用攒的零花钱带林涛去传媒大学那边撸串。一下子花掉好几十元钱，这对一向节省的她来说是很奢侈的，但她一点儿也不心疼。

“林涛，你不怕我是骗子吗？”

林涛吃着东西，腮帮子鼓鼓的，很可爱，在对上程森森的眼睛时，他笑了。

程森森当时被这个笑容迷晕了，她竟然觉得，林涛的侧脸和眼睛有点儿像阿信。

“才几百块，骗了就骗了……更何况，你也不像骗子啊。”

程森森和林涛很迅速地谈起了恋爱。

程森森不知道自己是林涛的第几任，但林涛是她的初恋。

人们都说，初恋是最难忘的，也是最不容易长久的。

林涛很自然地邀请程森森跟自己一起住，程森森想也不想就答应了。林涛的住处距离她上班的地方其实很远,每天来回要花三个多小时。可那时，程森森觉得能和喜欢的人在一起，花再多时间都无所谓。

没多久，程森森着手把住着的房子转租出去，然后拖着大包小包的行李来到林涛的住处。程森森没有任何恋爱经验，她以为这就是爱情的模样，所以，根本就没有细想，为什么自己从那么远的地方搬来，林涛都不来接一下。

那天林涛临时去天津出差，电话都没给程森森打。程森森试图联系他，结果电话一直没人接，她只好傻傻地坐在他家门口。

林涛的房子里还住着几户人家，合租的其他人只要进门都能看见她，他们没有搭理她，她也不敢贸然走进去。

林涛是将近凌晨的时候回来的，看到程森森的瞬间，他才想起来程森森要搬来一起住的事情。

“对不起,我错了,我应该早上再和你确认一遍的。”不等林涛道歉，程森森主动开口说道。

她爱着他，所以她没有计较，反而觉得是自己做得不好，没有确认清楚是哪一天就把行李搬过来。

林涛大概也没想过，他只是闲着没事去看一场演唱会，会捡到一个对他这么死心塌地的女朋友。

住在一起以后，林涛自然而然地提出要分摊房租。

“北京的房租很贵，其他情侣也是分摊房租的，等以后我的经济条件好一些，就不会让你也给了……”

“不不不，应该的。”程森森觉得林涛说得很有道理，她没发现她痛快地答应下来后，林涛暗松一口气的表情。

爱一个人的时候，真会变得很傻，你愿意为他敞开心房，却不知道他所谓的爱你，是有所保留的。你更不会想到，其实你只是他的候选人之一，如果不是碰到你，他也会用相同的办法追求别的女生。

林涛当时的工资只有五千块，扣除五险一金以后也只有四千多一点。后来程森森开始转正,晚上回家也接私活,渐渐地她赚的比林涛多。

怕林涛顾及面子，所以她主动提出来多分摊一些房租。

林涛愣了下，很快就答应了。

程森森觉得，她可以辛苦一点，每天更早地起来，更晚地睡觉，只要他们两个人过得舒服一点就好。

周末，程森森喊林涛去逛商场，林涛以为她要买东西，不是特别高兴，最后才发现她其实是要给他买衣服和鞋子。

“这件衣服很适合你，拿下吧？”

“你的鞋子也要换了……”

“刷我的卡。”

林涛看着她把银行卡递给售货员，喉结滚动了一圈，硬是没有张嘴说一个字。

程森森连想要给林涛买东西，都是小心翼翼的，怕他会拒绝自己的好意。

那一段时光里，她觉得很美好，一切都很好。

每天可以和爱的人在一起，过着忙碌但充实的生活，她还计划着，三年之内回去林涛的老家买一套房子……

可程森森自己也没想到，她会被公司裁员。

她倒没有被裁员这件事打击到，她的学历不错，也有一定的工作经验，不愁找不到更好的工作。

然而，林涛听说她被公司裁员以后，反应很激动。

“他们怎么可以说不要你就不要你了？”

“不行，我要找你们公司的领导理论去……”

程森森没想到林涛这么爱自己，她感动得不知如何是好，完全没看清林涛眼神里的另一层意思。

程森森觉得为了以后的发展，找工作这件事心急不得，不能随随便便就找份工作糊口。

可是林涛却越来越着急，有意无意地提出要她尽快找工作，不要挑三拣四的，好的工作当然是留给更优秀的人的……

这时，程森森才明白，原来一直以来，自己在林涛的眼中，只是一个很普通的女生，和“优秀”二字完全搭不上边。

但林涛在她心中，是最美好的存在，美好到她恨不得把世界上所有一切好的东西统统拿下来送给林涛，让他开心。

林涛把所有的房租都交了以后，程森森听到他发出来的叹气声，她心里过意不去，第二天就找了一份勉强合适的工作。

这时，林涛又嫌她找的新工作不如第一份工作好。

程森森根本不知道自己到底错在哪儿，她不找工作，他说她；她现在找到新工作，他又不喜欢。她当时以为林涛只是一时置气，过一段时间就没事了。

新的工作工资不高，而且活儿特别多，程森森越来越忙，忙得忘了自己的生日。

生日那一晚，程森森在回家的路上想起今天是自己的生日，她连忙去附近的蛋糕店买了一只小蛋糕，打算和林涛一起吃。

程森森想着林涛应该早早就回家给她准备惊喜了，可当她打开房门时，根本没有预料中的惊喜，因为，林涛根本没在家。

那是他第一次夜不归宿。

程森森没有问他，她仍然觉得，林涛不回家是她的问题。

在一起这么久，无论有什么事，程森森总是下意识地把责任怪到自己头上，她从来没想过，她爱的人，到底是不是真的和她想象的一样好。

她工资不多，不能像从前那样给林涛买这买那，那好吧，她就尽量早点下班，跑去菜市场买菜，回家做不重样的饭菜给林涛吃。

林涛倒没说什么，也没夸过程森森的手艺好，只是心安理得地享受着她对自己的好。

看着林涛吃饭的样子，程森森总会想起她第一次请他撸串那天的场景。

她一直相信她和林涛是因为有缘才会走到一起的，所以她十分珍惜这段感情。

程森森怎么会想到，两个多月后，林涛带着另外一个女人来到她的面前，并且让她赶紧搬出他的家。

“啊？”

“我要和你分手。”林涛看着程森森，面无表情地说。

“为什么……”

“我们不合适！”

后来程森森才知道，林涛的工资一向比她高，扣完税后每个月拿到手也有八千多块，他对自己很好，也舍得给自己买贵重的东西……他只是懒得给她花钱。

因为，他不爱她，他也未必爱他的现任，不过是想在北漂生活中，找一个比他笨一点的女生，帮忙一起分担昂贵的房租而已。

林涛现在找到一个更笨的、愿意为他花更多钱的女生，当然要一脚把程森森给踹了。

“后来呢？”

凌晨两点，程森森说到这里时，我已经快要把盘子里的食物全吃掉了，而她只顾着说自己的故事，忘了吃东西。

“后来啊……”程森森眼里透着些许迷茫，看向某个虚无缥缈的地方。

被林涛毫不留情地赶出去以后，程森森感觉世界都塌了，从前她一切以林涛为重，已经很久没有好好爱过自己了，她不打扮不买衣服，穿着也土土的。

她花了一周的时间找到新的住所，老家的朋友借钱给她付了第一个月的租金，房东看她刚刚失恋，允许她找到工作以后补交押金。

后来，当她拖着大包小包的行李搬进去时，恍惚想起当初那个每个月只有两千块工资的自己。

她一无所有地来到北京，找到工作遇到林涛，现在又失去工作、失去林涛。世界上有那么多好人，她偏偏遇上一个对她最不好的男生。

人在最难过的时候，总要做点什么事缓解悲伤。程森森又开始听五月天的歌，她似乎忘了，她和林涛是因为五月天才相遇的。

听着阿信那充满治愈的声音，程森森流了一夜的眼泪，她也不知道自己是怎么睡着的，音乐也忘了关。

迷迷糊糊之间，她被窗外耀眼的阳光晒醒，她的半边脸被照得暖烘烘的，就好像是阿信在温柔地抚摸她的脸庞，然后贴着她的耳朵，给她最具诚意的鼓励。

一切，都会好起来的。

“后来，我找到一份前景不错的工作，我没日没夜地干活儿，把欠朋友的钱都还了。再后来,我开始升职加薪,如愿当上公司的小主管。我不仅可以往家里打更多钱，我甚至也有能力出国旅行……直到林涛前不久重新联系上我。”

林涛后来又换了几个女朋友，就在他准备结婚时，女朋友骗走他了大部分的积蓄。

这算是报应吗？程森森不知道，毕竟，她曾经深爱过他，虽然也恨过他，但还不至于会恶毒地希望他真的过得悲惨。

林涛的脑袋里长了一颗肿瘤，在还没确诊是良性还是恶性之前，他打电话给程森森，说了自己被骗钱和生病的事情。

程森森眼睛不眨地给他打了八千块钱过去，让他好好治病。

“森森……”

程森森不知道这家伙当时是怎么想的，是想她怎么过了几年还是这么蠢，还是真的有所动容，良心发现，想和她重修于好。

“林涛，我曾经爱过你，很爱很爱你。虽然你伤我很深，但我也感激你，没有从前的你，不会有现在的我。你以后不要再找我了。”

林涛最后是生是死，程森森都不知道，她也不想知道。

今年，二〇一七年，五月天又来北京开演唱会。这次的演唱会主题叫“人生无限公司”。

生命是有限的，可人生是无限的。

五年以后，程森森还是一个人。

虽然她在演唱会上，哭得跟五年前一样惨，但这一次掉下的眼泪，是释怀，也是成长。

她现在过的每一天，都是自己人生中最好的一天。

她除了仍然喜欢五月天，她还喜欢现在的自己。

现在的她，未来的她，包括从前的她，都是最好的。

没有什么能再打败她了。

有时候，我们贪恋的，并不是过去某个人有多好，而是那个时候爱着 TA 的自己，有多真。

生活有苦又有甜，才叫作生活。好好过，每一天都是最好的一天。

你很温柔，我也要走

我一直记得向敏，因为她十七岁的时候，梦想要当一名数学家。

向敏是我的高中同学,高三的时候,我坐在她前面。她擅长数理化，而我是数理化白痴，每次遇到不懂的问题就会转身请教她，久而久之，我们就成了无话不说的好朋友。

那个时候，想要和一个人变成好朋友竟然可以那么简单，因为座位离得近，因为无意中请教一个问题，就可以成为好友。

高考以后，我与向敏分别考上了不同的大学，像许多慢慢变淡的友情一样，我与她的联系也少了，到后来变成不再联系。

直到几个月前，我与她一起参加另外一个同学的婚礼，才又重新联系起来。

向敏并没有如愿成为数学家，但工作还是在跟数字打交道，她变成了一名普通的会计。大概，理想和现实的差距就是如此，我们明明心怀抱负，可最后还是只能归于平淡。

婚宴那天，我们一帮高中同学坐在一桌，仿佛回到多年前一起念书的日子。

那时候，每天在课堂上面对的都是这些熟悉的面孔，可我眼前的他们，终究不是从前的他们。

有人的地方自然就有八卦，我们一个个轮流跟同学汇报自己的感情情况，轮到向敏发言的时候，她扭扭捏捏，眼底闪过一抹不自然。

她当时只是说：“我还单着呢，真悲哀。”

不知是谁插一句，声音带着浓郁的笑意：“哪里悲哀，单身可金贵着呢！”

我只顾着跟坐在手边的同学寒暄，没有多理会坐在对角线位置的向敏，抬头低头间只是与她客客气气地相视一笑，我们都明白，我们从前虽好，可现在不是从前。

其他同学早已结婚成家，他们自然而然地谈论着各自的育儿经。我这样的单身狗被他们打败了，只能默默地喝果汁、玩手机。

我总感觉向敏在看我，可当我抬起头看她时，她又在低头玩手机。

我没想到的是，半个月以后，我会在珠海碰到向敏。

距离不算远，我肯定她已经看见我了，但我没有上前打招呼，因为我看到她跟另外一个男生走在一起，态度不算亲昵。恋人之间的磁场是很奇怪的，就算他们什么也没做，我也能分辨出来向敏跟身旁的男生是恋人。

奇怪，向敏明明有在谈恋爱，为什么在婚宴上拒不承认呢？

我没有多想，毕竟这是她的私事。几天以后，向敏打电话给我，问我东澳岛的旅行攻略。我恍惚了一下，没想到她还在珠海，看来和男朋友玩得很愉快，还准备出发去海岛。

“我在东澳岛有认识的朋友在经营客栈，要不要介绍给你？”

“好啊好啊。”她对我还是有点见外。

“你是要一间大床房对吧？”我一边翻找朋友的名片，一边随意地问她。

“不，我自己一个人去，床位房也可以。”

我明显感觉有什么不对劲儿的地方，她如果还在珠海而且准备上岛的话，男朋友不是应该陪着才对吗？

大概猜到我的心思，她很快在电话里头说：“前几天我看到你了，我这几天确实和一个男生待在一起，可我和他不是情侣关系。”

直觉告诉我，向敏肯定藏着很多事需要和别人倾诉，而我，会不会刚好成为她想倾诉的对象？

我自告奋勇地说要陪她一起去东澳岛，我以前去过那座海岛，也认得路，还可以和向敏叙叙旧。

向敏犹豫了半分钟，最后答应让我陪她一起去。

我和向敏约定第二天一早在香洲码头会合。

从香洲码头出发到东澳岛，大概需要一个半小时。她看到我的时候，还是有点拘谨，船开动时我们俩有一搭没一搭地聊着天，慢慢的彼此都轻松了许多。

聊开了，她的话也多了起来，她突然开口说："我算是那个人的备胎吧……我也没想到，你会是第一个知道这件事的人。"

过了几秒，她又小心翼翼地问我："你会看不起我吗？"

"当然不会！"我努力假装平静，"你和那个男生是怎么一回事？"

其实我在同学的婚宴上就应该看出来的，向敏看起来一点也不快乐，可我当时没有多想，在现在这个人情关系无比淡漠的社会里，每个人都活得焦头烂额的，谁还有空关心几年不见的同学？

可我现在感觉很心疼。

向敏不愿意向我透露故事的男主角的真名，姑且叫他陈先生。

她与陈先生是在凤凰旅游时认识的，他们刚好入住同一家客栈，一开始陈先生就很巧妙地避开了自己是否单身这个问题。

他像很多背包客一样，一个人背着一只硕大的背包来到美丽湘西，向敏是与她的大学同学一起去的，陈先生英俊健谈，很快和向敏还有她的同学混得很熟。

向敏告诉我，陈先生从一开始明摆着就是在追求她，他很温柔，说话时眼睛闪着银河般璀璨的光，他总是借故跟她凑得很近，知道她的喜好以后故意把话题都引到她感兴趣的地方，他们总有滔滔不绝的话聊。

到后来，整个客栈的人都知道陈先生喜欢向敏，客栈老板还帮忙想办法替他追求向敏。

直到有一次，陈先生找到和向敏独处的机会，他大胆地表白，并且成功索吻，追到了向敏。

向敏在和我说起这段回忆时，一双眼睛发光一样明亮，看来这段回忆很甜蜜，她现在回忆起来依旧觉得美好。

她也是后来才明白，陈先生一直都太清楚自己的魅力，她变成了他的猎物，一步一步跟着他设计好的路线走，再一步一步掉进他的圈套。

等他俩一起从外地回到广州以后，陈先生才若无其事地坦白，他其实早有女朋友。他如此坦白，向敏反而进退两难。

陈先生表示，向敏可以继续和他保持关系，也可以拉黑他的一切联系方式。不管她做什么，他都保证全盘接受。

“我的天！”我忍不住怒吼，“这是典型的渣男啊！”

“嗯。”向敏歪着脑袋苦笑了一下，然后说，“可我对他讨厌不起来。”

陈先生确实很渣，哪儿有人出轨还这么理直气壮的，而且还把最难的问题丢给女方，让女方做决定。但在向敏心中，陈先生除了感情不专一外，其他方面都很好，真的很好。

向敏心肠软，当时没有给他一个明确的回答，但也没有答应继续和他交往。

她就当在凤凰发生的一切像做了一场梦，只是没想到自己会糊里糊涂地失恋。

在接下来的半年时间里，陈先生总是对她嘘寒问暖，但关心却是点到即止。

其间也有别的男生想追求向敏，向敏清楚自己没办法真正放下陈先生，所以一一拒绝。

直到有一天向敏发高烧，烧到三十九摄氏度，她拍了一张打点滴的照片发到朋友圈。陈先生看见了，立刻打电话问她在哪家医院，他要过去陪她。

也许，人生病时总是脆弱的，向敏把自己的位置告诉了陈先生，他很快赶来，并且趁着那个气氛，跟向敏表示自己从未忘记过她。

最让向敏崩溃的是，陈先生提到他们俩一起去旅行的事情，他每一件事都记得清清楚楚，甚至有一些细节向敏自己都忘了，陈先生却能如数家珍地说一遍，所以她再一次答应跟他在一起。

是的，生病的向敏是脆弱的，是需要关怀的，她被他的温柔打败，情感战胜理智，尽管她知道自己将来会后悔，可那一刻，她头脑一热还是撞进了他的怀抱里。

听完向敏的故事，我心里一阵唏嘘，我问她你们重新在一起多久了，她无比颓唐地说有两年了。

这两年，我猜向敏的内心一直住着两个小人，一个是魔鬼，一个是天使。这两个小人每天都会大战许多个回合，最后永远是魔鬼战胜天使。她一定很痛苦，而且也从未对别人说自己有在谈恋爱，我觉得她太傻了，何必让那个姓陈的家伙占尽所有便宜。

向敏却选择自欺欺人，说："我要是离开他了，他说不定会觉得痛苦呢。"

我只是告诉她："陈先生再好，他也给不了你最想要的东西，他可能喜欢你，但这一份喜欢远远不及他对另外一个女朋友的爱！"

"他最爱的还是另外那个女生？"

"不然呢？他如果爱你，为什么不跟别人分手，为什么要这样招惹你？"

"难道这两年，都只是我一个人一厢情愿吗？"

我很不客气地说了一句“是的”，向敏听我这么说，心底似乎有所触动，但我知道，她不到最后一刻也不会放手。

等她回到广州以后，我帮她想了一个计策，我让她假装父母要给她安排相亲对象，然后下一次跟陈先生约会时把这件事说了，试探一下陈先生的反应。

我以为，陈先生应该早就料到，向敏总有一日会幡然醒悟，从他身边离开。

没想到他一听向敏要去相亲，反应很大，差点要和她动起手来。

确实，渣男没有最渣，只有更渣。

陈先生不论如何也不同意向敏去相亲，他那几天说的话也是阴阳怪气的，仿佛向敏是他的附属品一样。

向敏又惊又喜地问：“好，我不去也可以，但你会和我在一起吗？我们可以成为光明正大的男女朋友吗？”

陈先生动了动嘴皮子，终究没有说出向敏要听的话。

其实我怂恿向敏这么做，是因为我知道，陈先生不会和她有任何结果，我希望这样可以让向敏醒悟过来。

我看得出来，向敏很爱陈先生，否则她不会傻傻地做陈先生的地下情人，而且一做就是好几年。

向敏好像真的动了要彻底和陈先生分手的心思。

“我们一直保持这样的关系不好吗？”陈先生仍然认为向敏是他的囊中之物，是他最听话的小白兔，不会轻易离他而去，“只要你需要我，你想见我，我一定会立刻赶来你身边。除了一些节日，我们可能要提前过或者晚几天补过以外。一段正常恋爱关系里你需要的东西，我统统可以给你。”

嗯，渣男的脑回路一向清奇，说一些听起来很有道理的话来迷惑小女生，结果很多小女生还是会被这些话迷得团团转。

向敏说：“你不要再找我。”

后来向敏真的去相亲了，也真的是父母介绍来的。那一晚陈先生像个疯子那样去闹场，让许多人看了笑话。

向敏和我说，她从未见过陈先生这么失态，可也是他失态的模样，让她突然之间看清，她爱了几年的男人，原来发起火来是这么挫，这么无理取闹。

女人啊，一旦狠下心来，可是十辆车子也拉不回来的。

后来事情的发展开始狗血起来，陈先生不愿意失去心爱的玩具，每天打电话去骚扰向敏，向敏把他的所有联系方式拉入黑名单以后，他又找到她的朋友，每天变相骚扰他们。

陈先生甚至找人跟踪向敏的朋友，希望把向敏引出来，和他重修旧好。

“最后你怎么做？”我和向敏好一段时间没联系，原来她最近都忙着躲变态陈去了。

“我去找他的女朋友了。”向敏说这句话的时候，脸色淡淡的。温柔可爱的向敏，被渣男逼急了，也是会做出意想不到的事情的。

向敏找到陈先生的女朋友，向她坦白自己和陈先生的那段地下情，哪里想到，他的女朋友其实早就知道。

向敏这才知道，陈先生的女朋友，其实也在跟别的男人交往。

“然后呢？”我又问。

“没然后了，不过那个女人说了，她会管好他的，因为他们俩要结婚了。”

故事的结局竟然如此狗血，我们身边，其实也有不少这样的例子。

爱情从来不是什么平等的游戏，两个人要想长久，其中一方必定要自愿付出更多。社会上不乏许许多多像陈先生这样的人存在，他们明确自己要跟别人长相厮守，可又控制不住自己的猎奇心理，肆意追逐另外一个无辜的人，然后把 TA 列为自己的备胎。

这些人自认自己魅力十足，所向披靡，他们可以给备胎很多，除了婚姻，除了责任。

有些人会迷途知返，而有些人愿意耗上一生的时间去等，最后还是什么也等不到。

后来，向敏碰到一个外派的机会，她离开广州去了上海。

经过这一段错误的爱情后，向敏终于后知后觉地明白一个道理：那个人冉温柔，不是你的，就注定永远不会属于你。

我很感激你，赐予我一场心动到可以为你奋不顾身的爱情。

但我更希望的是，离开你以后，我不再感情用事。因为这个世界很美也很大，有更好的人在远方等着我。

一 个 人 去 北 海 道 看 雪

韵儿这次去北海道，坐的凌晨的红眼航班。

飞机票是提前半年订的，从上海飞，其实花不了多少钱，只是在请下这个假期之前，老板不停地给她布置任务，让她每天加班加点地忙，累得快要喘不过气来。

经过几小时的飞行，飞机平稳落地。冬天的北海道，温度低得吓人，可仍然吸引着从全世界不同地方来的游客。

距离天亮还不到三小时，韵儿自然不舍得花冤枉钱去睡宾馆，随便在机场找了个位子坐下来，打算直接在机场这里坐到天亮，然后和建信联系。

她没想到建信坐的也是红眼航班，她抱着自己的行李刚睡着没多久，就依稀感觉到面前立着一个人影。

她忽然睁开眼，看到的是建信那张脸。

韵儿愣愣地看了他一会儿，才确定这人是建信。建信冲她温柔地弯起嘴角，如沐春风地笑了。随后他说：“韵儿，我是建信。”

是建信没错，他真人比在朋友圈看到的照片还要好看。韵儿失神地盯着他那张俊脸看，心跳变得毫无章法。

在建信的再三要求下，韵儿和他去机场附近的酒店开了两间房。

建信说：“不休息充分，我们白天怎么去玩？”

建信把她送到房间时，主动地拉了拉她的手，在她的额头上印下一个蜻蜓点水般的吻。

事后韵儿想起来，觉得怪丢人的。她熬夜坐的飞机，没洗脸没洗头的，额头一片油光，也不知道建信怎么亲得下去。

但她当时对建信的印象分和好感度噌噌往上涨了不少。

建信比韵儿所想的要细心，他在来之前已经联系好当地的地陪，韵儿几乎什么也不用想、不用管，安安心心地跟着建信安排的路线走就好。

但她又觉得，和她当时所想的一个人来北海道的旅行有所出入。

旅行的第三天，韵儿大胆地跟建信提出，她不想跟着地陪走，虽然有地陪在身边，可以节省很多时间，也不会遇到宰客，但这也大大地减少了旅行的乐趣。

建信表示理解，然后告诉地陪不用再来了。

翌日一早，他们的行程安排表上写着去滑雪。北海道的雪景真的太美，韵儿拉着建信的手，絮絮叨叨说了一路，她说她其实一直都想来北海道看看，无奈读书的时候零花钱不多，工作以后每天忙得像条狗，没办法抽时间来这么美的地方看看。

"于是，你就想着要抓住青春的尾巴，一个人过来北海道看看雪。"

建信看着她闪闪发光的脸，笑吟吟地回了一句。

韵儿这时才发现，她的手紧紧地牵着他的手，两人的脸不知何时挨得很近，连彼此脸上的绒毛都看得一清二楚。韵儿想不动声色地抽回自己的手，却被他更用力地握住。

韵儿以为建信会吻她……他们两人仿佛都忘了，他们现在是情侣关系。

建信并没有吻下来，他看着韵儿，觉得那一刻的韵儿很美，很可爱。

滑过雪的当晚，韵儿开始发起高烧。那会儿是半夜，建信睡在隔壁房间。她不忍心吵醒他，想着自己穿上衣服去药房买点药就好了，哪儿想到走了十分钟的路以后，她已经分不清东西南北，迷了路。

而手机的最后一格电，也在这一刻彻底用完。

站在异国他乡的街头，韵儿着急得想哭。她怎么会这么笨，发高烧不找男朋友帮忙？她怎么又这么傻，她是典型的路痴，如果这次旅行不是有建信带着，她能安然无恙、舒舒服服地玩了这么多天吗？

幸运的是，她后来遇到了便衣警察，在警察的帮助下，韵儿顺利地回到入住的酒店。

她不敢打扰建信，火速回到温暖的房间，很快睡去。她不知道的是，建信半夜醒来发现她没在房间，曾跑到外面找她找了一宿，天亮才回到酒店。

前台的小姐告诉建信，韵儿比他早一小时回来酒店，建信悬着的一颗心才终于落下来。

韵儿睡过一觉倒是好了，可建信却开始感冒和发烧，但他没跟韵儿说。

之后几天，韵儿总感觉哪里不对劲儿，但又说不出所以然来，建信也很努力地强撑着，没让她发现他生病这件事。

这段旅程就快要结束了，韵儿越发不舍。

其实，她最开始是想自己一个人来北海道的。

这些年来，她没少看到认识的、不认识的人自己一个人跑去旅行，不论去哪儿，只要看到对方是一个人去的，她都觉得特别酷和帅气。她总想着，什么时候自己也能这么酷的去旅行。

思来想去好几年，这个愿望终于要实现了，可说是这么说，办好护照买完飞机票以后，她还是有点胆怯，于是她就到网上找和她差不多时间去北海道的人，想着一起结伴出发，彼此好有个照应。

然后，她就遇到建信。

建信什么都懂，上知天文下知地理。韵儿总是缠着他聊天，她对像建信这样的男生毫无抵抗力。发展到后来，他只要说一句简单、轻松的话就能成功逗笑韵儿。

也是建信问她："既然我们决定一起去旅行，不如，我们做一对儿七天恋人？"

韵儿不知道建信为什么会提出这样的要求。

他大概也是逗逗她而已，韵儿却一口答应下来。

在北海道的最后一天，建信带着韵儿登上北海道的最高点，俯瞰整个大平原。

在这么一个至美至胜的地方，人类也莫名变得渺小。韵儿其实一直等着建信主动，她都想好了，大家都是成年人，要发生点什么也不是不可以的。

反正七天过后，他们就再也见不到了。

当天晚上，建信牵着韵儿的手去最豪华的餐厅吃饭，那些韵儿在电视上看过的浪漫画面，建信统统帮她实现了，例如红酒香槟，例如有专人拉小提琴给她听，建信邀请她去跳舞的时候也很温柔，一切都是梦幻的。

也许是情绪来了，韵儿的眼睛忽然红了。

“韵儿，你怎么了？”细心的建信发现她哭了，开口询问。

“没什么，就是觉得太感动。”她腾出手擦了擦眼角的泪水。

建信沉默不语。

“建信，我觉得我是喜欢上你了……我们可以做一对长久的恋人吗？”话一出口，韵儿羞得想找个地洞把脑袋埋进去。她怎么这么不害臊，竟然把这句话说出来了？可是，她又觉得如果不说，建信一辈子都不知道她的心意。

明明认识的时间很短，可韵儿就是相信他，觉得他是一个值得托付的好男生。

她不想错过他。

当天晚上，韵儿跟着建信回到酒店，她没有返回自己的房间。当他的嘴唇吻过韵儿的眉毛时，韵儿终于发现哪里不对劲儿——建信的嘴唇滚烫，他的身体烫得就像是火山爆发一样。

韵儿没有多想，连忙扶着建信去最近的医院打针挂水，建信已经烧了几天，医生说他要是再晚一点来医院打针，就会引发肺炎。韵儿觉得自己这个女朋友当的实在太不称职了，她怕建信会饿，又跑去买了热粥回来，然后寸步不离地守在他的身边。

后半夜，建信的烧慢慢退了。

“浪费了一个晚上，真抱歉。”建信主动开口道歉。

“不会不会！”经过这一通折腾，韵儿越发觉得自己很喜欢建信。然而，她始终没有等来建信的答复。

他是不喜欢她吗？

她想不明白，建信要是不喜欢她，为什么可以对她这么好。

韵儿至今都不知道，建信在那段旅程里，有没有喜欢上自己。

就算没有喜欢，会不会在某个瞬间，有过一点动心的感觉？

建信是在韵儿睡着以后偷偷离开的，等韵儿回到酒店时，建信已经办了退房手续，他就像是人间蒸发一样，没有留下只言片语。

韵儿在上飞机前才收到建信发来的信息。

他首先对韵儿说了一声“对不起”。

“对不起，其实我不是第一次打着旅行的幌子约漂亮的单身女生出来玩，试过几遍以后，感觉维系一段只有几天又不需要负责的关系特别好。只是我没想到，这次会遇到你。我仿佛能从你身上，看到曾经的那个我，羡慕别人说走就走，却始终被现实困在原地，无法自由做得成一件事……直到昨晚你对我表白，我才发现你和别的女生不一样。

很感谢昨晚我生病了，不然我可能会像对别人那样，跟你发生点什么，然后一走了之。我知道你不是那样的人，我只能真心祝福你，以后一定要遇到一个好男生，我相信他会很爱你。”

回国以后，韵儿尝试着用各种方法联系建信，但是她拥有的建信的所有社交账号都已经被注销得干干净净。

两年以后，韵儿再次出发去北海道，这次她是自己一个人去的，她不再迷路，遇到事情也不会慌张，她走过一些建信曾经带她去过的地方，感觉豁然开朗。

今年五月，韵儿要结婚了，她老公是一个很喜欢户外旅行的专家，他以前最爱的就是旅行，现在最爱做的事，就是带着韵儿去她没去过的地方。

我问韵儿，那你还想念建信吗？

她说，我早不想他了，也不记得他长什么样儿了。

建信他确实什么也没给韵儿留下，但又不得不承认，让韵儿变得不一样的人是他。

后来韵儿想了很长时间，其实建信和她是一样的人，总是羡慕别人说走就走，想去哪儿就去哪儿，虽然看着很勇敢，但是骨子里是胆小怕事的人。他们的相遇，看着美丽，实际上就像烟花一样，燃烧时再绚烂美好，燃烧完以后也只会留下灰烬，不能长久。

但也是因为他，韵儿真正开始变得勇敢、大胆，起码她第二次去北海道时，是自己一个人去的。

“可是，我很感激他，虽然我也说不上来，我到底感激他什么。”

就让这样的遗憾成为永远的遗憾吧，不去追责、不必缅怀，而美好的人生，才刚刚开始呢。

我可以陪你坐红眼航班，可以陪你看你想看的风景；我和你看过北海道的雪，泡过有名的温泉，吃过味道好极了的火锅；我也可以逗你笑，或者让你抱着我痛快地哭一场。

但很抱歉，我不能陪你到最后。

谈恋爱不如吃火锅

沈芳芳算是为爱情最奋不顾身、最勇往直前的一个人。

她的爱情开始得简单又粗暴。她在某个文学网站写文章的时候认识了一个经常在底下给她留言、送鲜花的男生，网聊了一个月，沈芳芳买了一张机票从长沙飞去重庆。没有所谓的见光死，他们俩一见如故，加上见面前在网络上就有所谓的感情基础，见过面后，沈芳芳火速回到长沙，向公司辞职，然后打包好行李，毅然决然地离开生活了九年的城市，把自己扔去重庆和赵毅光明正大地在一起。

直到沈芳芳在朋友圈里晒了一张飞机票，还有一张大包小包的行李无辜地躺在地上的照片时，她的朋友们才相信这件事情是真的，于是，她的朋友圈瞬间就炸了。

沈芳芳临走前，我们一帮朋友在她最爱的那家火锅店为她饯行。

我们四个朋友都在劝她，让她不要走，她和那个叫赵毅的男生才认识多久呀？万一到那边后发现彼此不合适呢？万一赵毅有暴力倾向呢？

大伙儿为了挽留沈芳芳，越说越离谱，最后收不住嘴，好好的一顿麻辣火锅只有沈芳芳一个人吃得痛快。

她一边大汗淋漓地吃火锅一边大着舌头对我们说：“放心，我不会让自己出事的，我就是认定赵毅了，我就是要去重庆和他奔现，和他过一辈子的。”

既然当事人已经把话说得这么明白，那我们做朋友的，除了鼓掌，好像也不能做别的了。

“那，干杯？”气氛一度尴尬了好一会儿，一整锅火锅几乎被战斗力超强的沈芳芳给端掉，我们几个只能饿着肚子分别拿起装满啤酒的杯子，装模作样地演一下友情万岁的片段。

沈芳芳是那种不论喝多少脸上都不会浮现半点醉意的人，而且她的一双眼睛越喝越亮，像藏着一整片银河，亮得惊人。

没有人再说多余的话，毕竟那是她的选择，我们作为朋友，真的只剩下祝福而已。

“好的，我走了，要是不小心失恋了，请我吃一顿火锅就好。”沈芳芳冲我们摆了摆手。

就这样，沈芳芳离开长沙去了重庆。

那天以后，我们只能从沈芳芳偶尔更新的一两条朋友圈里窥探她的生活状况。

例如七夕情人节当天，她本打算做蛋糕送给赵毅，无奈成品惨不忍睹，赵毅怕她难过，于是瞒着她买了一个更精致大气的蛋糕庆祝他们度过的第一个七夕情人节。

例如在沈芳芳生日那天，赵毅狠狠砸本在全重庆市里价格最贵的酒店订了一间总统豪华套房，只是为了让沈芳芳体验一把当土豪的感觉，两个人傻帽一样在总统豪华套房里拍了几千张照片，沈芳芳的生日宣言是这辈子非赵毅不嫁。

又例如，沈芳芳在朋友圈里分享了一张黑漆漆的图片，也没有说什么话，可作为朋友的我，看到这条朋友圈时顿时就感觉大事不好。

我立刻赶去重庆找她，她和赵毅去机场接我。

我是第一次看到赵毅本人，他比照片上还要帅一些，看上去文质彬彬的，不像是有暴力倾向……我想我肯定是小说写多了。

赵毅是一名程序员，但他们好像更爱称呼自己为“码农”，他身上最显眼的、可以作标志的地方，就是一双浓重的黑眼圈，看得出来他睡眠严重不足。

赵毅有车，载上沈芳芳和我一起去吃正宗的九宫格火锅。

那会儿是六月，正是重庆最热的时候，沈芳芳穿着吊带背心仍然热出一身汗，我仔细看了她一圈，没在她身上发现被打过的痕迹，悬在半空的心脏终于慢慢落了下来。

吃到一半时，赵毅被沈芳芳赶回家去睡觉，她说他再不回去睡觉，很有可能当场睡着，一头栽在红艳艳的火锅汤里。

赵毅走了以后，我才敢拉着沈芳芳肆无忌惮地聊天，顺便问她之前发的那条配图很奇怪的朋友圈是怎么一回事。

她沉默了一会儿，最后语带保留地告诉我：“是这样的，我也不想瞒你，我想和赵毅分手。”

分手？开什么玩笑，他们俩不是还好好的吗？我一头雾水地看着她。

沈芳芳敲了敲筷子，和我说了更多我不知道的事情。

她放弃一切来到重庆后，和赵毅度过一段非常甜蜜的时光。他们每一天都黏在一起，每一分每一秒都无法分开，芳芳当时觉得，这个世界上最好的事情有两样：一样是阳光，另外一样就是赵毅。

每天醒来，能看到阳光和赵毅，就是最幸福的事情。

那时候，她是这么认为的。

就这样甜甜蜜蜜地过了两三个月，沈芳芳连赵毅爸妈也见过了，二老对她的印象也不错。

这时，沈芳芳想出去工作，她这个人的性格不适合宅在家里，写文章也是爱好使然，她还是喜欢每天面对人群接受不同的挑战，她觉得这样活着才有意义和乐趣。

然而，赵毅一听说她要出去找工作，整个人都抓狂了，他说她不用出去找工作，他是一名程序员，他的工资足够养活两个人。

“赵毅，你说什么呢？我肯定要出去工作啊。”沈芳芳曾经试过小半个月没有工作，结果她整个人变得糟糕敏感，她不想重蹈覆辙。

“可是，你为了我放弃以前生活过的城市，抛弃了你许许多多的朋友，我怎么还舍得让你出去工作？”

沈芳芳听到他这么说，感动得当场流下滚烫的眼泪。她当时觉得，赵毅对她真好，再也没有别的男人可以像他那样爱护她、照顾她，她的选择是没有错的。

然而，随着时间的流逝，沈芳芳渐渐觉得不对劲儿，赵毅是一个控制欲非常强的男生，就连沈芳芳下楼去买个菜也要算准时间按时回家，不然他一定会冲到菜市场里找人。

他始终不让她出去工作，而他在家写代码的时候，还规定沈芳芳一定要在他旁边陪着他，不准她做别的事情，不然他又会抓狂。

赵毅每次抓狂只会冲自己发火，不会冲沈芳芳发火，更不会伤害她。

好几次，沈芳芳都想和赵毅好好谈一下他们之间的问题，但那几次赵毅都像是正常人一样，买她爱吃的食物和饮料回家，或者带她出门吃一顿好吃的，他的所作所为让沈芳芳误以为，赵毅还是有救的，他会慢慢好起来的，他们俩这辈子除了死别，不会有生离。

沈芳芳更新那一条配上黑漆漆的图片的朋友圈之前，她再一次提出要出去工作的想法，他们俩狠狠地吵了一架，争执间赵毅不小心把沈芳芳推倒在地，沈芳芳的额头磕破了血，赵毅连忙拉着她去医院，其实血在去医院的路上就止住了，只是小伤而已。

看到赵毅痛苦又自责的样子，沈芳芳当即做了一个决定，她要离开赵毅，放过自己，也放过他。

“你是说……赵毅不惜伤害自己的身体，来让你答应他过分甚至无理的要求？”我忐忑不安地问。

她沉重地点点头，不再说话。

我曾经看到过一句话：我是爱你的，你是自由的。

不论我单身与否，我一直认为爱情是共同的，也是私人的。

我们在一起的时候可以分享很多东西，两个人会因此变得更加完整，可如果你给我的爱情，让我感觉窒息甚至想逃，不论我有多爱你，我依然只想和你好聚好散。

爱情不是禁锢，也不是控制，而是我们在一起的时候两个人同时变得更好，但各自的生活还是独立的，不发生任何冲突。

你不能仗着我爱你，就永远将我捆绑在你身边，如果是这样，那很抱歉，你还不如养一只小狗，它大概比我还要听你的话。

我们都谈过恋爱，有些人经验丰富，有些人经验不足，但不论是谁，我们都曾经真真切切地爱过一个人。

赵毅他从来没有做出任何对不起沈芳芳的事情，而且他自以为自己足够爱她，如果条件允许，他甚至愿意为她付出所有。

然而，沈芳芳被他这样的深情吓到了。

一段真正的好的爱情，应该松弛有度，让人感觉舒服和妥帖。

当晚，我就把从沈芳芳那里听到的信息转告给几个朋友听，我们几个又另开一个小组，义愤填膺地讨论了几十条对策，一直商量到天亮。

第二天天还没亮，我直接杀去赵毅家里，拿出一张十分钟前刚买下的机票，当着赵毅的面，恳求沈芳芳送我去机场。

“你走得这么急？”她不明所以地问我。

“嗯。”我懒得和她多说，赵毅又是忙了一个通宵，加上和我不熟，自然不好拒绝，也不好跟着。

“早去早回。”说这句话时他的眼睛紧紧地盯着沈芳芳。看得出来，他是真的很在意她。

沈芳芳直接被我带去机场，然后我变魔术一样又拿出一张机票，我以前帮她买过机票，所以有她的身份证号。

我也是胡乱碰一次运气，没想到她真的把身份证带在身上。

“我们走吧！”我对沈芳芳说。

沈芳芳看上去迟疑，我这才明白，如果我不来看她，她其实没想过要真的离开赵毅。

可如果她一直不走，她和赵毅的感情状况，会像她所说的那样一直反反复复。两个人明明深爱彼此，却只能互相伤害，这样一段头破血流的关系，现在不处理干净，难道要留到三五七年以后再处理吗？

幸好我力气够大，连拖带拽地把沈芳芳弄上了飞机。

终于，纵使她再不舍得，还是跟我离开了重庆。

沈芳芳是三年以后结的婚，当然，嫁的是别人，不是赵毅。

三年以后，故事里的赵毅不声不响地出现在沈芳芳的婚礼现场，我们几个还有他的朋友都以为他是来抢亲的。

没想到，这家伙是来赔礼道歉的。

“芳芳，三年前你不告而别，我一直不理解你为什么要走，我曾经也恨过你，想要报复你……后来有一次我误伤了自己，被送去医院，然后医生把我转去精神科，我才知道自己有偏执症，还有潜在的暴力倾向。

我花了三年时间接受心理治疗，每周三次，每次两小时。我还辞了工作，健身游泳，让自己改头换面。今天听说你结婚了，我来看看你。还有，医生给我开了一张评估单，说我的病已经好了。但是，你要成为别人的新娘了。”

我们都没想过事情的结局会是这样，就连芳芳的老公都听呆了。

说完这些话后，赵毅在一片错愕的目光中步伐沉重地离开。

沈芳芳很不争气地哭了，她趴在老公的肩膀上哭得稀里哗啦，没有人知道她为什么而哭，但哭完以后，她还是按照自己的心意，嫁给了身边那个憨厚的、什么都由她做主的男人。

也是因为曾经遇见过赵毅、被赵毅折磨过，沈芳芳才更坚定地知道和自己结婚的人必须要是一个让她感觉舒服、事事顺着她的男人。

这不，她遇到了现在的老公。

那是我们最后一次看到赵毅。

婚后，沈芳芳的生活幸福得不得了，她再也没有受到任何感情困扰，但仍然喜欢吃火锅。

我不清楚她还会不会想起赵毅，但愿，当她不小心想起他的时候，记得的都是那些好的回忆。

而他们俩，不论曾经多么深爱，从今以后只能做陌路人。

也好，错过的就让它错过，珍惜身边人才是正经事。

有一些人，路过你的生命，只能缅怀，仅此而已。

同 步

最近，我的朋友圈被椰丝要打官司起诉张任的事情给刷屏了。

我一开始以为椰丝是闹着玩儿的，因为认识她的人都知道，她和张任在高中时就很暧昧，高考一结束就确定了恋爱关系，大学一毕业就扯证结婚，他们俩的爱情故事够让所有失恋过的人再相信爱情好几回。

今年年初的时候，椰丝还给张任生了一个可爱的女儿，我们去他们家做客的时候，张任还笑着说准备过两年再和椰丝要一个男孩，凑成一个“好”字。

那场面温馨得不行，许多单身狗都被虐得很惨。

谁知道，椰丝突然就发了朋友圈，要起诉张任。

所以，他们俩怎么会闹到这个地步？椰丝怎么会找离婚律师来起诉张任？这里面是不是有什么误会？

我和椰丝从小学一年级就认识了，她特别聪明，一直担任班长这个职务，深受老师们的喜爱。

初中时，我和她又分到了一个班，她还是班长，因为之前就认识我，她对我还算照顾。她人缘很好，开学没多久，身边就已经有很多好朋友了。

除了人缘好，椰丝的学习成绩也好，而且人长得漂亮，喜欢她的男生数不胜数，可她是一个知道自己要什么的人，所以始终没有早恋的苗头。

一直到她升上高中，她在一次数学竞赛中遇到张任。两人惺惺相惜、一见如故，他们当时应该没想过，有一天，他们俩之间的关系会变得如此剑拔弩张。

中考时，她的分数太高，我没有如愿和她升上同一所高中，但听说，她让张任等了她三年，高考结束那天，两人的关系才明朗起来。

他们念的是同一所大学，一起度过了最美好的四年时间，两个人一毕业就结婚了，简直羡煞旁人。

我觉得，好的爱情不一定要轰轰烈烈、荡气回肠，只要两人可以一起进步、一起变得更好，就算得上是一段佳话。

这么多年来，椰丝和张任一直是我心中的模范情侣。

结婚以后，椰丝回到母校做高中化学老师，而张任在游戏公司上班，两个人过了几年恩恩爱爱的婚姻生活，并生下一个很可爱的女儿。他们应该是很幸福才对啊，怎么会突然闹离婚？

我打电话给椰丝，问她和张任到底是什么情况。椰丝约我出来见面，这么多年过去，我依然羡慕她，拥有好的爱情、好的工作，还有好的生活。

椰丝懒得和我兜圈子，直接跟我说她坚决要和张任离婚，就算闹得全世界都知道他们家这件丑事，她也要离婚。

椰丝曾经以为，她和张任会是世界上最完美的一对夫妻，她也早早认定这个男人会成为自己的丈夫，所以在度过最美好也最纯粹的四年后，他们选择一毕业就结婚，比很多应届生要勇敢得多。

结婚以后，他们忙着各自的工作，一切看上去和从前没多大差别。

只要有假日，张任就会带椰丝去旅行，大学的时候他们只能去省外游，工作以后赚到钱了，他们就坐飞机去不同国家，依旧浪漫，依旧恩爱。

当时，椰丝觉得这样两个人也很好，但时间越长，她越想要为张任生一个小孩。

让椰丝意外的是，张任并不同意要小孩，他认为他们还年轻，想多过几年二人世界。

椰丝大概是从那个时候开始觉得张任并没有她所想的那么美好的，她没有告诉张任，男人可以等，但女人不能等太久，女人生小孩也是有黄金时间的。

可她因为爱他，所以尊重他的意见，把一切苦闷都吞进肚子里，和他说好晚几年再要孩子。

上一年，当得知自己怀孕时，椰丝是真的很开心，但张任却嘀咕了一句：“怎么会这么突然？明明有做好防护措施的，我都还没做好当爸爸的准备。”

张任看向椰丝的眼神里带着几分陌生的怀疑，这让椰丝有一丝心寒。

难不成张任以为她肚子里的孩子不是他的吗？椰丝忍着脾气没有爆发，毕竟第一次怀孕，她的开心远远大过这么一点不高兴。

很快，所有他们认识的人都知道了椰丝怀孕的消息，两家父母也开心得不行，他们结婚几年，老人最希望的就是他们尽快生一个小孩。

张任后来也没表现出任何不妥，他的朋友和同事知道椰丝有孕后，纷纷跑来祝贺他，他也乐呵呵，看着很兴奋也很期待。

怀孕其间，张任对椰丝还算体贴，买各种各样的补品、营养品，陪她去上新爸爸妈妈的课程。

可到了怀孕的第五个月时，张任突然说自己要去外地出差，最后经过一番调查，椰丝发现他是约了几个哥儿们到哈尔滨看冰雕。

本来这不算什么大事，可椰丝不懂张任为什么要骗她说是去出差，他大可以光明正大地说是去旅行，她肯定也会埋怨两句，但也不至于会这么生气。

被发现后，张任很诚恳地跟椰丝道了歉，椰丝永远不会忘记张任脸上的慌张和无措，他已经是一个二十七八岁的男人了，怎么还是分不清什么是最重要的？

她辛辛苦苦地怀着两个人爱的结晶，他怎么可以丢她一个人在家，然后跑去和别人旅行？

怀胎十月，椰丝不会忘记生孩子的那天，张任捧着一只 DV 机在产房里录视频的样子。

他虽进了产房，可脸上没有一丝一毫心疼的表情，仿佛只是觉得好玩，从始至终没有问椰丝疼不疼，难不难受。

后来，椰丝从来没有看过她生产时的录像，尽管张任觉得自己拍得还不错。

生完女儿，椰丝感觉自己的人生开始改变，她开始思考养大一个小孩要花费多少钱，思考以后要让小孩上哪一家幼儿园，还要思考未来要让小孩学什么乐器或者上什么培训班……

他们家还算富裕，可有了小孩以后，也要省着花钱。椰丝决定给女儿开一个账户，每个月往里面打一部分钱，作为她长大以后的教育基金。

可张任并不这么想，他想的是老婆生完小孩，再过一段时间就可以和他一起出去旅行了，以弥补上次他和哥儿们去旅行的遗憾。

还有张任没有办法照顾小孩，他自己也像个小孩，女儿一哭，他就躲起来不见人影，让椰丝自己一个人在家带女儿。

“张任，你怎么当了爸爸还像个小孩？”

“什么？”张任似乎没听明白。

“我为你生了一个女儿。”

“对啊！我知道老婆很伟大。”他还笑嘻嘻的，恍若不知椰丝快要忍不了他了。

“可你的思想怎么还停留在我们大学谈恋爱那个时期，仍然只顾着我们今天去哪里玩，明天看什么样的风景？”

她一次又一次地提醒他，他们不是在谈恋爱，他们已经结婚了，还有了小孩，要一起走向下一个阶段了。

张任始终不明白，他只是单纯地以为，老婆生完小孩，脾气变大了，过一段时间就会好起来。

一直到他们的女儿一岁生日时，张任有了一个更好的借口出去玩——女儿生日，他要亲自去外地物色一份不一样的生日礼物回家。

然而飞机晚点，张任第二天下午才回来，女儿还小，什么也不懂，但椰丝等了他一宿。

椰丝当时就收拾行李，带着女儿回了娘家。张任没觉得有什么，飞机晚点不是他能控制的，他不明白椰丝为什么生气，生日补过也可以啊。

一周以后，张任看椰丝始终没有回来的意思，才急急忙忙地去椰丝的娘家把她们娘俩接回来的。

他并不知道，椰丝的一颗心，在一次又一次的伤害中，渐渐冷了下来，现在已经没有任何温度了。

“那你也不用起诉他吧？”听到这里，我仿佛明白了一些，可还是想不通这个问题。

毕竟，我没结过婚，不是很能理解结了婚又必须要离婚的那种感受。

“我希望他可以永远记住他是怎么伤害我的，我也希望自己可以记住，我是怎么选错了结婚对象的。我希望我和张任都可以记住，两个在思想上不能同步的人，即便他们俩看上去很合适，也彼此喜欢，但真的不会走得很远。我和他已经蹉跎了很多年光阴，不能再继续错下去了。”

是的，我们周围的人都不赞成椰丝刚刚生完女儿就和张任离婚，可她心意已决，并且以最快的速度找好了离婚律师。

张任大概这辈子都不会想到，他竟然会被他最爱的女人起诉。

他开始觉得自己错了，于是想方设法地联系椰丝，想要私下解决他们之间的婚姻问题。

如果不是出了这档子事，大概其他人也不会知道，曾经是许多人眼中的模范情侣的他们，关系已经变得这么恶劣。

椰丝懒得搭理张任，她把一切委托给律师处理，除了女儿的抚养权，其他的，她统统不要。

是的，她从小就是一个很理智的人，一直清楚地知道自己想要的是什么，要过什么样的人生，可能在很多年以前，她错认为张任就是她要找的那种人，所以错把真心交付给他。她也给过他很多次机会，是他没有珍惜。

后来，张任因爱成恨，在自己的朋友面前说尽椰丝的坏话，仍然像个小孩子一样固执。

最后，椰丝告诉我，张任至今不知道自己到底做错了什么，不知道她为什么要和他离婚，但她已经不在乎了。

“你不爱他了吗？”

“不，我仍然对他有感觉……”椰丝凄楚地笑了笑，“可已经不重要了。”

又过了几个月，椰丝的起诉毫无意外地取得胜利，她和张任这对所谓的模范夫妻离婚了，她再次恢复单身，开始了一个人带女儿的生活。

几天以后，我看到椰丝更新了一条朋友圈。

她带着宝贝女儿去泰国玩了，她脸上闪着光，任谁也看不出来她不久前才刚刚打完离婚官司。

这一次，我是女王，我的人生我自己做主。

那个害你得抑郁征的人，你还想着他吗？

今年春节的时候，难得有人组织同学聚会，我看到了久未露面的卢占婷。

在重遇卢占婷以前，我觉得她是典型的“见色忘友”那种人，谈了恋爱就会自动忽略身边的朋友。

毕业以后我们就莫名地和她失去了联系，我们找了她很久，她都没有露面。后来我们都觉得被她抛弃了，自然也不再自讨没趣地继续找她，久而久之，我们便慢慢淡忘了这个人。

卢占婷大概知道我会来聚会，一来就先走到我身边，一屁股坐下。

我刚开始还装不认得她，无奈她一直看着我，把我看得浑身汗毛都立起来了。

“卢占婷，你也会来参加同学聚会？”我当时的语气一定很不好，她明显愣了一下，随后取来一只干净的空杯子，给我倒了一杯饮料。

她倒是记得我不会喝酒，喝一口酒也能满脸通红。

“老同学，我知道你一直怪我，所以这次特意来给你负荆请罪。”

“哦，一杯饮料就打发我了？”我缓了几秒，又开口，“说吧，你这几年死哪里去了？和你那小男友怎么样了？”

“这几年啊……”卢占婷瞬间把目光从我脸上移开，看向某个虚无的地方，然后才缓缓道，“我去治病了。”

“啊？”这下，轮到我听不明白了。

“嗯，我和他分手以后，得了抑郁征，差点儿死掉。”

她这句话说得很轻巧，可我一听，蓦地感觉心向下一沉，盛着饮料的杯子“哐当”一声掉在地上，饮料洒了一地。

说起来，我和卢占婷大概有五年没有联系过。

我一直觉得，很多人的恋爱都大同小异，所谓轰轰烈烈的爱情也只有电视上才能看到。寻常人的爱情，哪儿有那么狗血，我更不相信会有人因为失恋而寻死觅活。

当初的卢占婷和我一样，有着类似的想法。

她是将近毕业的时候和小男友在一起的。她的小男友姑且叫 A，小她两届，他是从大一开学那天对卢占婷一见钟情的，这一追就是两年。

大概是毕业前离别愁绪特别浓重，或者是觉得自己大学四年都没谈过恋爱好不甘心，卢占婷最后竟然答应了和A在一起。

他们在一起之后，也有过一段短暂的甜蜜。

恋爱给人带来的快乐，和做别的事情带来的快乐是不一样的。只有谈过恋爱的人才能深刻懂得这个道理。卢占婷第一次谈恋爱，觉得一切都是新鲜美好的，情到浓时甚至还会后悔，为什么早两年没答应A的追求呢，真傻。

然而在一起还不到三个月时间，A提出了分手。

卢占婷还以为他在开玩笑，哪儿想到A是认真的，他提出分手的理由也够奇葩："当初我追求你的时候，是真的很喜欢你，可真的和你谈恋爱以后，发现你并不是我喜欢的那种女生，很抱歉，我们还是分开吧。"

A仿佛忘了自己这两年来是怎么追求卢占婷的，卢占婷告诉我，她当时苦苦挽留了很多次，A都不为所动。她害怕我们笑话，就跟他提出了最后一个请求，等我们大四这一批人全部都离校后，再正式分开。

A一口答应。后来，等到大四的人一走，A就火速搭上隔壁班的小学妹，他这次似乎找到了所谓的真爱，据说和那个学妹谈到大学毕业才正式分手。

卢占婷大概没想过，她竟然会患上抑郁征，她甚至不知道自己是什么时候开始患上这个病的。

最开始，她只是感觉身体很乏力。大学毕业前她就找到了一份还不错的实习工作，明明差一点就要转正了，结果却因为状态不佳被领导劝退。

她那段时间每天大早起来，画一个精致的妆，脚踩八厘米的高跟鞋去人山人海的人才市场挤来挤去。

连续跑了两周，她给不少企业单位投递了简历，也陆续收到了面试通知。

她也搞不清楚自己到底是怎么了，竟然直接在电话里拒绝了面试邀请，再多接几通电话后，她就莫名觉得心烦，直接关了手机。

她根本没意识到自己病了，还以为是经期要来，又或者是失恋的痛苦还没完全消散。

在工作完全没有着落的情况下，她开始整夜整夜失眠。

失眠过的人应该能理解那种痛，明明很困，眼皮撑不住漫漫长夜，可不管用什么办法就是没办法入睡。

卢占婷给自己买来很多酒，但喝醉不等于睡眠，她后来直接放弃喝酒。她试着用牛奶助眠，下载催眠电台，听枯燥的佛经……统统没用。

除了失眠，她开始掉头发，头发大把大把地掉，长时间的失眠让她变得无精打采，更不用说去找工作了。

她开始变得不愿意出门，不想找朋友聊天，总是自己一个人待在房间，想很多乱七八糟的事情，想着想着就莫名其妙地掉眼泪。

到了这个时候她仍然没察觉自己已经生病了，但她知道自己以前从没出现过长时间情绪低落这种情况。

她不太记得具体是哪一天，她感觉有人一直在她耳边说话，其实她也不知道到底发生了什么事，她当时就是觉得太吵了，她心烦得差点崩溃。

直到手臂上传来一阵刺痛，她才恍恍惚惚地醒过来。

她看到自己拿着一把剪刀扎进了自己的手臂，伤口处皮肉外翻，血珠一直往外冒，无比触目惊心……

没办法，卢占婷在爸妈的陪同下去看了心埋医生。

许多患上抑郁征的患者是不愿意去看医生的，因为他们在潜意识里总是抗拒自己得病这件事。

幸运的是，经过医生诊断，她的抑郁征是初期，有很大机会可以痊愈，但是要想彻底治愈，需要长时间服药，而长时间的服药对她的身体是有百害而无一利的，甚至有可能会影响她将来结婚生子。

这时候，她面临一个艰难的抉择：是要借助药物治疗，还是利用自己的力量战胜抑郁征。

吃药会有依赖性，还会对身体造成一定的损害，但她也未必内心强大到可以打败抑郁征。

那时候，她心里无比纠结，又不能找任何人帮忙。她告诉我，她当时已经体会比死更难受的滋味，明明没有发生任何不开心的事情，却觉得活着的每一秒都是在煎熬。

不幸中的万幸，她的爸妈知道她得了抑郁征后，始终默默地站在她身后、守在她身边，必要的时候他们给予了她最大的帮助和鼓励。

“婷婷，咱不吃药，爸爸和妈妈陪着你，陪你一起打败怪兽，乖。”

卢占婷其实很愧疚，她的爸爸妈妈年纪都不小了，却像哄小孩一样地哄她、迁就她，仿佛回到了她小的时候，陪着她睡觉，等到她入睡了他们才能安心地去睡。

那天以后，卢占婷的爸妈经常带她去旅行，去听音乐会，去爬山……没有人知道治愈抑郁征需要多长时间，也没有人知道，这个病好了以后还会不会复发。

这几年，抑郁征偶尔发作，反反复复，卢占婷一次次地熬过来，她今天能这么坦然地和我说起这些，应该是已经没什么大碍了。

“我当时真的恨死A了，我总觉得要不是他跟我提出分手，我是不会患上抑郁征的。虽然我后来查过各种资料，抑郁征是一种偶发病，类似情绪的开关坏掉，病患控制不了自己的情绪，才会在无意识的状态下伤害自己……”

卢占婷回忆这些时，脸上有一种难以言说的激动和怅惘。

这几年，她没少看新闻报道，得知越来越多的人因为抑郁征离开人世，就连看着光鲜的明星都无法幸免。既可怕又让人感到无能为力。

意外和病痛，都是人为无法预测的。我们看着很普通地过完一天又一天，却不知道这个世界上有一部分人，他们多么渴望活下去，可这些人中又有极少一部分，最后不受控制地亲手了结自己的生命……

卢占婷努力呼吸着新鲜空气，作为一个抑郁征患者，多活一天，都是老天给予的礼物。

因为这个病，她好几年无法正常上班，病发时伤害过自己和最亲的家人。但也是因为这个病，她体会到活着是一件十分难得的事情，原来一个人无病无痛，才是最大的幸福。

那天同学聚会后，卢占婷偶尔会找我聊天，几个星期后，她问我周末有没有空。

“我有空，怎么了？”我问她。

“我听说A要结婚了，我打算拉你一起去把他的婚礼搞砸。”

我认为，卢占婷这个想法真的很疯狂，可我莫名觉得兴奋，我想，如果有一个男生把我害得病了几年时间，以我天蝎座的性格，肯定也会报仇雪恨的。

A 结婚那天，我做好了一切准备，打算帮卢占婷把 A 的婚礼搞砸，结果路上堵车，我晚了两小时才赶到那边。

我以为婚礼现场一定一片混乱。哪儿想到，卢占婷正在和 A 的老婆聊天、猜拳，两个人都喝了七八杯酒，满脸红光。

卢占婷看到我，露出灿烂的微笑，她看上去很开心。

我抬起手拍了拍脑门，原来她不是来砸场子的，她只是来看看，自己到底好了没有。

烦人的、闹心的抑郁征，这几年把她害得很惨，但这一刻的卢占婷，似乎已经通过自己的努力，把这个恶魔打得不见踪影了。

其实当她可以笑着说出当年经历过的创伤和悲痛后，她就知道，伤痛正慢慢地淡去。

时间是伟大的治愈师，但依我看来，我的好朋友卢占婷同样也很伟大。

我曾经感激能够遇见你，但你的离开，让我变得不像我自己。

但就算不是你，我也会遇到别人，他们会带给我爱，也会带给我灾难。

我不能避免遇见失败的感情，但只有好好学会成长，我才可以和过去的自己和解，和未来全新的自己相遇。

c h a p t e r

02

很抱歉，不能陪你到最后

当我们终于排除万难在一起以后，

那些争吵的、不安的、患得患失的时光，

如一块块散落各处的拼图，一点一点拼成，最完整的一副拼图。

迷 你

子明决定要第三次创业时，大家都觉得她疯了。

难道不是吗？“创业”对很多人来说都只是挂在嘴巴上说说的梦想而已，你要是让哪个人真的辞掉安稳的工作，然后拿一大笔钱去创业，别说朋友不赞成，父母那关就很难过。

当然，如果这人是一个富二代什么的，当我没说上面那段话。

对普通老百姓来说，创业真的是梦而已，说说就好，别想太多，有时候创业赚到的钱，还没有朝九晚五上班赚到的钱多。

我们都没少劝过子明，她第一次创业和人合伙开清吧，一下子投了二十万搞装修，本以为可以吸来一批高消费群体，无奈店面的租金太贵，加上开清吧不赚钱，她和合伙人坚持了一年半就把店面转让了。

半年以后，她打算东山再起，这一次更离谱，她盘了一个小店面，打算自己进货卖衣服。有过一次失败的教训，她觉得这一次肯定可以做好。

可现在许多人买衣服都很少去店里，手机淘宝多方便，动动手指就能淘到物美价廉的东西。

我们也跟子明说过，可她仍然觉得买衣服还是要到店里试穿过才有保障。

服装店的租金倒是不贵，就是她的货基本都滞销了。关店前她搞了一次清仓大酬宾，拼了老命清仓两天，可还是剩下一大堆滞销品在家。

这一次，子明说她要开小吃店。

她觉得，人可以不喝酒，不买衣服，不叙旧不聊天，但人总要吃饭吧，开一家小吃店，就算不赚钱也不至于赔钱吧。

她开什么店？开的是炸鸡店。我们一听，差点儿气晕，那么多女孩子嘴巴上嚷着要减肥，谁会每天都去吃炸鸡！

这一次，我们都不敢去过问太多，怕她努力做了那么多，结果还是跟之前两次的经历一样——不论花多少精力和金钱，最后还是只能关门。

她倒是又忙了起来，除了开业那天发过带图带文字的动态来宣传她的炸鸡店以外，之后很长一段时间都没有动静。

有一天我忽然想起子明，下意识地点进她的朋友圈，最新的一条动态还是炸鸡店开业那天发的，我心想，不会又关门了吧。

于是我寻思着，偷偷去她的店看看吧。

哪儿想到，子明的炸鸡店生意好得不行，我刚开始还以为自己找错了地方，毕竟在我们这些朋友的眼中，子明确实不是做生意的料。

我默默地排在队伍的最后，轮到我的时候，戴着口罩的子明没认出我来，直到我不满地叫了她一声，她才看向我，然后一脸惊喜地问：“啊，你怎么来了？”

我笑笑，说：“我来看看你的店关没关门！”

她早就对我们这些“挖苦”见怪不怪了，所以也没有生气，我是真的没想到，她这次竟然成功了。

忙到凌晨，她的炸鸡店终于打烊了。她说要请我吃好吃的，谁知道她店里的一个小鲜肉默默地跟了上来……我狐疑地看了他一眼，觉得不对劲儿，于是用眼神询问子明这是怎么一回事。

碍着小鲜肉在场，她用微信回我：他叫阿昂，是我刚请回来的，说是我的头号粉丝，我去哪儿开店他都要给我打工。

阿昂老早以前就和子明认识。

当初子明头脑发热去开清吧时，阿昂还没念完大学，想着做兼职赚一些生活费，就找到了子明的清吧。

当时子明的合伙人想请有经验的人来干，阿昂的外形不错，但没有任何工作经验，是子明极力把他留下来的。

阿昂做事毛毛躁躁的，总是出错，害得子明总是和合伙人吵架。

子明开服装店时，阿昂也过去了。她一个人能看店，有事忙关门半天就好，哪里还需要多请一个人。

可子明看阿昂这么热心，也不忍心拒绝，还是同意阿昂来服装店做兼职。

一来二往，他们俩的感情开始不一样了。

“所以你们确认关系了吗？”听到这儿，我好奇地问。

“没有。你忘了吗？我不想谈姐弟恋。”子明无奈地朝我翻了一个白眼。

子明确实不想谈姐弟恋，因为她之前谈过三段恋爱，都是姐弟恋，最后都是惨淡收场。

我目测阿昂的年纪应该还不到二十，和子明应该相差了七八岁。

子明第三次创业，一开始也没那么成功，周边做吃的店那么多，她拿什么跟人竞争呢。

后来，阿昂又来了。

阿昂来当店员后，给她出谋献策，弄了一系列酬宾活动，生意就慢慢好了起来。他们店里不仅卖炸鸡，还卖薯条、鸡翅等小吃。

阿昂也不怕辛苦，让子明开通外卖服务，他专门负责送外卖。

炸鸡店其实都大同小异的，阿昂把自己关起来，没日没夜地研究炸鸡技巧，他还调了各种各样的酱料，看哪一种搭配刚炸好的鸡块最好吃，没想到还真的让他做出一种新酱料来。新酱料配上炸鸡一块儿吃，会有一种独特新鲜的口感。

那种味道是独一无二的，是其他炸鸡店里吃不到的。

于是，炸鸡店的生意更好了，子明确实没有想过她的店会有生意这么好的一天。

人有的时候很奇怪，生意不好的时候会埋怨怎么就不好，生意太好也有问题，她太忙了，忙得没时间停下来想想，将来这个店该怎么继续发展。

她不知道店里的生意能不能一直这么好，如果能，她会考虑开分店，但她又怕过一段时间后，生意突然变得冷清。她已经失败过两次，好不容易成功一次，却又患得患失。

这时候，阿昂走到她身边，很诚恳地对她说：“老板，你不要担心这家店的生意会不好，我相信会越来越好的。”

“为什么啊？”

“因为有我在帮你啊。”阿昂说这话时，眼睛亮晶晶的，仿佛藏着一整个浩瀚星空。

自从创业后，子明对爱情已经不抱任何期待了。

但阿昂对她说的话是对的，小吃店的生意始终红红火火的，上了微博，还上了专栏，而且阿昂长得很帅，笑容又有亲和力，光是颜值就能吸引一大帮少女来光顾。

可慢慢地，子明觉得，炸鸡店的生意会这么好，不是因为她这个老板，而是因为阿昂。她开始感到挫败，这种挫败让她看阿昂越来越不顺眼。

阿昂苦思冥想了好几天，想出一个好点子，他立刻跑来跟子明分享。结果子明这个当老板的，觉得自己越来越没话语权，她忍不住爆发，冲阿昂吼了一通，把所有人都吓到了。

“你这么厉害，你怎么不自己当老板，要给我打工啊？”

阿昂愣住了，整个人像石化了一样动弹不得。

如果我们这些朋友在场，肯定也会觉得子明做得不对，阿昂做错了什么？他一直努力帮她，却被她误会和责骂，换作任何人，都会觉得不高兴。

可是阿昂没有生气，被子明这么一激，他反而把心里话说了出来：“因为，我喜欢你啊，因为喜欢你，所以才要帮你一起创业；因为喜欢你，所以当我看到店里生意不好时才会想办法帮你把店维持下去……抱歉，我好像做得很过分，那我离开吧。”

其实，子明在最开始就已经察觉到阿昂对自己的感情了，她谈过恋爱，虽然每次都惨淡收场，但毕竟还是有经验的。不过她也明确地说过，她不会谈姐弟恋的。后来炸鸡店的生意蒸蒸日上，她连睡觉的时间都没有，更没空想恋爱的事了。

原来，阿昂对她的感情一直没有改变过，只是她变了，因为曾经有过的失败经历，所以即使现在生意这么好，她心中也还是不够坦荡，她变成了面目可憎的人。

阿昂是偷偷离开的，没有和子明告别。小吃店不缺流水线一样的服务生，子明心想，大不了再请两个做兼职的人回来，接替阿昂的工作。

有时候看着某个人的背影，子明总以为是阿昂回来了，其实都不是。

三个月以后，子明才确信，阿昂这次是真的离开了。少了他，店里的生意开始直线下滑。每天都有很多女顾客跑到子明面前，问阿昂去哪里了，子明张了张嘴，脸涨得通红，一句话也说不上来。

难道要她主动告诉这些人，阿昂是被她莫名其妙赶走的吗？

后来有阿昂的女粉丝告诉子明，阿昂其实是富二代，当初他大学还没念完就出去找工作，因为没经验而且是兼职的原因都被人劝退了，但只有子明愿意把他留下来。他便默默地记在心里，想着有一天要报答她。

他多好啊，一直跟随子明的步伐，却从没想过要超越她。

“你们是怎么知道的？”子明一听，内心的酸楚和自责犹如潮水般一波一波袭来。

“阿昂写在他的博客上的……啊，老板，你竟然连他的博客都不知道？”

那天晚上，子明花了整个通宵来看阿昂的博客。现在写博客的人已经不多了，阿昂看着还小，可内心却成熟得过分。

他写道，他第一次去子明开的清吧面试时，就喜欢上了子明。他还写道，子明身上有一种让他感觉到心疼的东西，而对一个人的爱，往往来源于心疼。

他心疼她，于是慢慢不受控制地走近她，了解更多以后，心疼转化成爱慕。

子明想起这几年的创业经历，从家人到朋友，没有一个人看好，唯独阿昂，不论她去哪里，他都会跟着，他不怕辛苦，就怕她一个人太辛苦。

千山万水，他都愿意为了她奔赴而来。那么现在，她还傻坐在这里干吗呢？

没有人知道，子明对着电脑屏幕哭哭笑笑，好不正常。

炸鸡店又营业了三个月的时间，子明又做出一个惊人的决定：她决定关了店门。虽然阿昂辞职以后她的炸鸡店生意没那么红火，但也还是不错的，我们都不明白她为什么要执意关了店门。

“因为，我要去找阿昂了。”

子明说这话的时候，眼睛里也是一片璀璨，如果有一面镜子，她一定能清晰地看到自己现在的样子，和阿昂当初承诺会一直帮她的样子是一样的。

虽然有点儿晚，但她终于明白，没有阿昂，她所谓的生意真的做不下去。就好像阿昂亲自做出来的酱料，只有搭配子明做出来的炸鸡，味道才是一绝的。

他们俩，很适合在一起创业。

至于恋爱……

“我看他博客，听说他老爸把他派去菲律宾做苦力，这一次，我要追随他的脚步跟过去。”

遇到真正值得托付的人时，所谓的规则概念会统统被打破，子明知道，她要再谈一场姐弟恋了。

不是第一次，但可能是最后一次。

我曾经为未来的对象做了很多设定。例如年纪不能比我小三岁，例如我不能嫁入豪门……

可是，我怎么偏偏遇到了你。因为你，一切设定都已作废。我只想和你在一起。

用一道菜治愈

不知道你们的朋友圈里，有多少微信好友，仅仅属于“点赞之交”。

两周前，小华在朋友圈里宣布自己再次变回“单身狗”。

如果我没记错，她前不久才谈的恋爱。我没有问她为什么这么快就结束了，毕竟感情的事本来就是人家的私事，旁人的关心其实没多大用处。

更何况，我和她真的只是“点赞之交”那种关系而已。

有天深夜，我接到了小华打来的电话，接通电话后，听到的却不是小华的声音。

是医院打来的，说小华现在在医院，身上没有带卡和现金，让我带上钱去下医院。

我犹豫了下，最终还是起身穿衣服。我有点儿担心小华一时想不开做什么傻事，也没有顾上问清楚小华究竟怎么了，就直接拿了钱打车去了医院。

我和小华是在一次朋友聚会上认识的，最开始只是点头之交，简单聊了两句话，然后两个人碍着朋友的情面互相交换了一下微信。

从此我和她变成朋友圈里的“点赞之交”。我与她没怎么说过话，就很安静地躺在对方的好友列表里。

直到有一天深夜，我在朋友圈里发了一张日式茶泡饭的照片，我说：“XX 路新开了一家日料餐厅，谁陪我去吃茶泡饭，我带你去，你负责埋单！”

小华是第一个回复我的：“姐，我也想去吃，要一起不？”

于是，在我们做了三年的陌生朋友之后，我和小华在一家新开张的日料餐厅里再次见面。

那顿饭没有想象中的尴尬，我们像两个老朋友一样聊天。后来她对我说，虽然和我不熟，但总会点开我的朋友圈看看，看我的封面图换成什么照片，听一下我一时兴起分享的歌，看我发布的文字或者照片，有时候我针对一些事情发表看法，她认真看完以后觉得我说得对，也会动动手指点一个赞。

而我也通过小华的朋友圈，看到了她丰富精彩的人生，她是一位令人羡慕的摄影师，喜欢旅行，热爱美食，有一位英俊帅气的男朋友。

她这人一向随性自由，谈的男朋友也不长久，但她似乎没觉得有什么不妥，两个人的热情一旦消失，她就很利索地结束，然后继续追逐新的爱情。

我们一直滔滔不绝地聊到餐厅打烊，小华与我分享了很多她去过的地方的美食和美景，也与我分享了很多她拍的客人的故事，给我提供了不少写作素材。

我却没有什么可以分享给她，我总觉得，我的人生太平淡，不值一提。

后来我与小华又单独约了几次，她给我的感觉永远是神采奕奕的。她总是吃很多很多东西，也不害怕会变胖。

我在急诊室里找到正在输液的小华，她的脸色比白纸还要白，记忆中神采飞扬的那个年轻女孩消失得无影无踪。

我问她："你怎么了？现在好点了吗？"

她微微睁开眼，看到是我后虚弱地打了一声招呼，说："只是肠胃炎而已，不要那么紧张啦。"

我虚惊一场，但依旧没有完全放心。我多多少少有点儿疑惑，不明白她为什么会找我来医院，我总感觉我和小华的关系还没有好到这种程度。

小华看出我的疑虑，跟我说她在珠海其实没有多少朋友，父母这些年都在外地做生意，能想到的只有我了。

"对不起，麻烦你了。"她说这话的时候眼角掉下一滴眼泪，我莫名觉得心疼，或许在她看来，我也是个值得信赖的人吧。

我留下来陪她输液，输完液送她回家时，已经是凌晨两三点了，她不放心我独自回去，让我留在她家里睡一晚。

小华的家里像是被人洗劫过一样，东西被翻得很乱，杯盘碗碟破碎得看不出原来样子，桌子上还有没丢掉的泡面盒。因为没有开窗通风，小小的单身公寓里弥漫着一股化不开的恶臭。

我记得小华有在她朋友圈里晒过她住的房子，地段好、精装修、租金昂贵。她住得很开心，并没有要搬的打算。想来想去，这种状况也只有一种可能了——她再度恢复了单身。

小华若无其事地穿过一地狼藉，准确无误地爬上了她的床。她太累了，冲我摆摆手，说了一句“姐，我先睡，你也睡床吧”。

她很快就睡着了,发出轻微的鼾声。我看着她的背影摇摇头,心想,今晚看来是没得睡觉了。

经过一番翻箱倒柜，我翻到一副手套戴在手上，开始帮她收拾屋子。先把地上碎掉的碗碟用扫帚扫走，再把所有的泡面盒跟各种废弃垃圾统统装到袋子里，其他东西小心翼翼地整理好，最后用消毒药水一遍又一遍地擦地板。

弄好这一切的时候已经接近天亮，我打开冰箱看到里面还有零星的食材，足够我大展身手给小华做一顿早饭了。

做早饭的时候，我想起自己从前也有过失恋的时候，那是一段十分苍白并且不愿再回忆的时光。那时我整个人都无精打采的，脸色苍白如纸，自然也没有胃口吃什么。

但是我每天都得把自己丢到人群里工作，我要和各种各样的人打交道，我要装得什么事情也没有发生，正常自如地面对新的一天，所以在当时的我还不算十分失态，我依旧可以在别人面前说说笑笑。但是只有我自己一个人的时候，悲伤就会像汹涌的浪潮一般狠狠地袭击过来，让我痛苦得想死。

我到底有些纳闷，小华跟我不一样，她一看就是久经恋爱沙场的人，这次怎会这么伤心，以至于丢失了自己？

我给小华做了一份诚意满满的三明治，把她冰箱里的食材几乎用光。我给她留了纸条，让她起床时热了再吃，然后就离开她家了，准备回自己的住处简单睡一觉再去上班。

直到傍晚，小华才发微信给我。她说谢谢我，谢谢我帮她打扫房子，还谢谢我为她做早饭。

虽然只是简单的几句话，但我能感觉到，她似乎比昨晚好点儿了。

我问她今晚有什么安排，没有的话打车来我的公司楼下等我，然后一起去逛超市。

也许是不想自己一个人独处，小华很快就答应了。

以前失恋的时候，我总喜欢一个人去逛超市，推着购物车穿梭在各种各样琳琅满目的货物当中，感受它们独一无二的魅力，同时在亮堂堂的灯光中感受自己仍然好好地活着。

与小华碰面以后，我们直接去了超市，她一开始还是有点沉默，默默地跟在我的身后。我像往常一样跟她闲聊，聊自己的工作，聊同事和上司，聊最近看的韩剧，渐渐地，她的脸上终于有一点点笑容了。

我多想告诉她，我一直以来都很羡慕她，羡慕她有一份那么好的工作，赚的钱用来应付生活绰绰有余，还能经常因工作之便去不同地方，除此之外，她交往的男友都不错在我看来，她真没什么值得忧愁的。

小华沉默了一会儿，开始向我坦白，她虽然谈过很多段恋爱，但这次是真的遇到了理想中的真命天子。

“他很高很帅，笑起来像不老男神林志颖，他也是做摄影的，跟我的工作性质不一样，他家里三代都是开影楼的。到了他这一辈，他给自家的影楼里加入了很多年轻人的想法和活力，影楼的生意蒸蒸日上。他很能干也有才，我和他像是一见钟情般互相吸引，自然而然地走在一起。

按照以往的经验，我一开始也以为我和他不会谈很久，但很快我就发现，他能给我一种在任何一任前男友身上没有的安全感和踏实感。我起初还不想承认，偶尔会跟他闹跟他作，还当着他的面接某个前任的电话……终于有一天，他受不了了，可我发现自己已经离不开他了。”

“那你有试图挽回他吗？”我问小华。

“我……没有，我拉不下面子。”

“他如果没有那么好，你也不会这么悲伤，他如果有那么好，你又是为什么不勇敢一点儿去追回来？”

她没有说话。

“那你怎么就有勇气把自己弄得蓬头垢面，把家里弄得乌烟瘴气，最后还被送进医院呢？”

小华沉默地看着我，没有吭声。我知道她是想要从我这里得到些许安慰，来弥补她心中的懊悔跟不甘，可我偏偏不是那样的人，她自己既然选择“作”，就得承担这个“作”的后果呀！

我买了几大包食材，然后打车去了小华家。小华没想到我买的东西都是给她的，她问我为什么，我没立刻回答，等到了她家，我把食材一样一样地拿出来，当着她的面给她做了三菜一汤。

小华起初没有任何胃口，可我做的菜非常香，她闻见以后食欲大增。我拉着她一块儿吃饭，空虚的胃一下子被食物填满，她也似乎因此活了过来，嘴角有了明显的笑意。

做菜啊，其实是一件特别治愈的事情，它可以让你全神贯注地把食材变成美味的佳肴，也让你无暇分心想别的事情，心灵可以因此得到平静。

不开心的时候，我就亲自下厨做饭，做多了，空虚的身体就会被逐渐填满。

我告诉她："不论是失恋还是热恋，一个人还是两个人，都一定要好好吃饭。如果你连自己都放弃自己了，那么就没有任何人能拯救你了。"

我曾经也像她那样，失恋一次以为天都要塌下来了，每天不吃不喝的，即使宝贝的胃痛得死去活来，也不肯去看病买药。

我当时没有任何朋友能够倾诉，而且每天又要面对同事和领导，只能自己想办法排解。

有一天下班，我实在不想回家，因为自己已经很久没有好好吃过饭了，于是绕了很远的路去那家我带着小华买东西的超市，买了很多食材，然后一个人扛回住处开火烧饭。

我那天做了足够五个人吃的分量，然后一个人默默地吃，吃着吃着就哭了起来。

胃撑得快要爆炸时，我忽然感觉豁然开朗——就算再糟糕也还有美食陪我呢，就算别人不能温暖我，食物也能温暖到我。

从那以后，我一日三餐都按时吃，吃得饱饱的，因为我害怕我没有力气去好好追逐下一段感情。

小华听了我的话后，重新收拾自己，尤其是情绪，她不再放任自己不管，每天再忙也会在吃饭的时间好好吃饭。

过了一段时间，我再次看到她更新朋友圈，她把从前的自己找回来了，永远神采奕奕、笑容满面的，永远不吝啬地分享美景和美食。她还爱上了烹饪，不再叫外卖，总是给自己下厨做饭，厨艺一下子大增。

她第一天做糖醋排骨，卖相很好，看着很有食欲；第二天做宫爆杏鲍菇鸡丁；后天又变着花样做了一道红烧狮子头。

不是每一道菜小华都能做得很好，但她胜在愿意学习。她会认真钻研各式各样的菜谱，也肯下功夫尝试，这对很多十指不沾阳春水的女孩子来说，是一种很大的突破。

更何况，她以前根本不进厨房的。

她坚持每一天都做一道菜，不管当天的工作多忙多辛苦，她都会抽出时间来做，然后照张照片发表到朋友圈。

她不是在炫耀什么，她只是想让朋友圈里的人陪着她一起见证，失去心爱的男孩以后，她并没有继续自暴自弃，而是选择脱胎换骨，变成一个和从前不太一样的人。

她的转变，被她那个把她拉进黑名单、又悄悄拉出来的男朋友看见了。

有一天，小华出了一天的外景，回家时都快三点了，而冰箱里的食材刚好用完，超市也几乎都关门了，她快愁死了，一些朋友在微信上问她怎么今天不发照片了，是不是没有坚持下去。

她大概被逼急了，拍了一张乌漆嘛黑的、没有一个人影的马路的照片，配上一句“我现在正在满大街找还没关门的超市，你们等着，我今天还会做一道新的菜”，然后发到了朋友圈里。

她虽然是怄气，但她自己也知道，她是为了什么而改变：不是为了这些围观者，而是为了自己啊。

可是发完朋友圈后，小华看着这苍茫的夜色，顿时沮丧了，她根本不知道上哪儿去弄新鲜的菜。

就在这时，她的电话响了。

电话是前男友打的，说他家里有菜，问她要不要上去做饭。

三更半夜的，又是孤男寡女，很容易引人遐想。小华最后还是打车去了前男友家里，可她没时间和他叙旧，而是手脚麻利地做了一道酸辣白菜土豆丝。

嗯，食材有限，她只能将就着做了。

做完，她咔嚓咔嚓拍了几张照片，心满意足地吃完，然后就准备打道回府。

她看了一眼时间，回家后还能睡两小时，她现在接了很多工作，每天都过得很充实。

“喂，你就这样走了？”前男友不敢置信，看着她的后脑勺问。

“对啊，不然呢？”她回头，冲他挥挥手，然后头也不回地走了。

小华后来告诉我，她从接到前男友电话的那一刻起，就知道那家伙是想找她和好。

虽然她对他也是念念不忘，可那一晚不知怎么的，她还是头也不回地走了。

之后的半年时间，小华积极工作，每天分享自己做的菜，而她的前男友每天看着，每一天都风雨不改地给她点赞。

半年以后，小华觉得自己已经走出上一段感情，也觉得可以开始接受新的人了，可她的前男友不干了，甚至主动出击，找小华和好。

“那你说，你现在喜欢我什么？”小华看着这个她曾经爱得死去活来的人问。

前男友答不上来。

她忽然明白，就算再爱一个人，也不可能在同一个人身上栽倒两次。所以，她不再搭理前男友。

她也不期盼新的恋情从天而降，因为她知道，一个人变得好了，会吸引同样优秀的人，她没必要焦灼。

但她还是感谢前男友，如果不是他提出分手，她不会发现原来自己也可以下厨做饭，并且一直坚持下去，变成一个既会玩摄影又会做美味大餐的女生。

每个人的人生都会经历一段一个人吃饭的时光，我们每天努力工作、认真上班，为什么还要狼狈地解决午餐和晚餐？

我们不是人民币，做不到人人都喜欢，但是我们可以活成自己心目中最理想的样子啊！我们给自己做健康的食物，是爱生活，也是爱自己的表现。

等到对的人出现时，你就可以有底气地跟着心爱的 TA 一起享受更温暖的食物了。

食物有时候真的无比治愈，既能治愈胃口，也能治愈受伤的心灵。

故事说到这里，有很多人可能会问，我们平时就自己一个人，干吗一定要好好吃饭，随便吃点儿也能打发。

但我不这么认为——

一个人也好，但两个人更佳，吃饭不仅仅是一种生活，更是一种情怀，它可以让你在冷漠又残酷的社会里得到意想不到的温暖。

说不定，好好吃饭的生活态度会为你带来新的桃花，让你变得更有魅力。

你的耀眼无人能及

我认识宋莹的时候，她才十九岁，鼻梁上架着一副大大的眼镜，嘴里戴着牙齿矫正器，她每次笑的时候，我都能感觉到一片银光从我眼前划过。

那时候我在经营一家旅社，由于我一个人忙不过来，所以我打算招一名义工来帮忙。

我在豆瓣上发了帖子后，一天不到，邮箱里就收到了许多简历。精挑细选一周后，我在众多应聘者中发现了宋莹，其实我最看中的是她的绘画技能。

她的简历上还写着会烧菜，那更好了，我不会做菜，她来以后还可以给客人烧菜吃。

宋莹到旅社报道那天，珠海下了暴雨，而她到珠海的时间已经是晚上了，我想了一下决定赶去车站接她。

出门时外面的雨更大了一些，我好不容易拦到出租车。在赶去车站的路上我接到宋莹打来的电话，她说她刚出站，没想到遇到暴雨，而且手机也快没电了，问我怎么办。

她还不到二十岁，遇到这种事难免会慌张，再加上第一次来到一座陌生的城市就遇上百年不遇的大暴雨，肯定会忐忑的。

更重要的是，我和她只在邮件里交流过，连面都没见过，她会不会担心我是一个坏人呢？

“你哪儿也别去，就在出站口等我……”我话还没说完，她那边就挂断了。我再回拨过去，显示手机已经关机，估计是没电了。

我在车站里来来回回找了很久都没找到她，电话又打不通，我本来就不多的耐心一下子全耗光了，特别想骂人。

无奈之下我打开邮箱，把她的简历找出来又看了一遍。

我找到了她写的家庭地址，然后用百度查了一下距离这个住址最近的来珠海的车站，才发现她家附近的到珠海的大巴车只停在另一个比较远的车站。

我是来错车站了吗？

我又拦了出租车赶去那个车站，我的脑袋里一片空白，不敢确定她还在不在那里。也不知道她有没有去附近找一个地方住下。

谁知道宋莹一直都在下车的地方等我。

将近三小时的时间里，她的手机没有电，也没有别的朋友可以求救，就一直傻傻地等我这个陌生人来接。

那会儿是寒假，大风大雨的，她冷得不行，嘴唇都冻成了紫色，可她还是冲我笑了。

“你终于来了……”

我说：“你怎么不找一个宾馆或者酒店，把电充好再说啊。”

“因为你说让我站在这里等你的，我想着，你既然这么说了，一定会来找我，你一定会找到我的。”

十九岁的宋莹，看着乖巧，有点呆呆的，除了画画，平时有什么工作，都是我们叫她去做，她才会动手。

她也并不会做菜，只是想让我收留她，所以才在简历上写自己会做菜。

“那你去叠被单吧。”

宋莹乖乖叠了一会儿被单，我跟过去一看，发现她叠得比我还要丑。

“帮客人登记入住这件事能做好吗？”

我把登记系统调出来，让她试着弄一下，她一阵手忙脚乱。

“那你……”趁我想要发火的时候，她飞快地接了一句：“我可以去画画吗？”我抬头，看到她那双亮晶晶的眼睛后，鬼使神差地点点头。

我比宋莹大六岁，她当时没做好的事情，其实我当时也一样做得不怎么好。只是因为我觉得自己是老板，所以理应更高人一等。

很多时候，我们都下意识地对身边的人苛刻，却忘了从自己身上找缺点。

一开始她还有点儿拘谨，我跑出去放了一会儿音乐，她慢慢画得有感觉了。从一小块墙壁，到半边墙壁，再到一面墙壁都是她画的少女花园。

从最初的构图、勾勒线条，到确定上色、完完整整地涂抹颜料，一共用了近一周的时间。她真的很有毅力，能够从白天画到晚上，而且从来不会打扰到其他客人。

我记得我问过她："你画画的时候会想什么？"

"什么都不想，只想专心画画。"

"那你以后，有什么打算吗？"

"先休学一年，到处去看看，然后再回学校读书。"

宋莹年纪还那么小，可她已经懂得了自己要的是什么。她可能算不上是一名合格的义工，不论客人多或者少，她都不太会去主动招待，大概搞创作的人，或多或少都有自己的执拗。其实我也一样，如果不是开了这家旅社，我不会强迫自己去和陌生人说话。

她不画画的时候，总是安安静静地坐在沙发上，我很好奇她在想什么，却又不好意思问。

她一共只在旅社待了三周。

最后一周她上作特别卖力，我想她也是一个慢热的人，要和别人相处一段时间才能慢慢打开心扉。可当她要打开心扉时，时间却不允许我们继续深入地了解彼此了。

我出去买菜都会带着她，一买就买一周的量，她总是会把重的袋子拎在自己手里，让我可以轻松一点儿；她开始自如地进入厨房，能勉强做一两道最家常、最简单的菜。她其实是一个很勤快的人，只要吩咐她做什么，她就会认真去做，如果没做好，也会做到好为止。

谁都不是完美的人，我最开始确实不喜欢她，但她走的那一天，我很舍不得。

"我走啦。"跟我第一次见她是一模一样，穿同样的衣服，背同样的背包，同样是冲我挥手。

“走吧走吧，我不送你了。”其实是我不想面对分别。

“嗯，知道了，拜拜。”

我早已习惯人来人往，客栈里的人来了又走，若是我每一个都舍不得，岂不是要伤心死？我慢慢收起自己感性的一面，假装若无其事。

宋莹真的休学了，她先后去了很多地方，最后还去了她一直心心念念的台湾。

宋莹家里有一个弟弟，父母都很宝贝，以至于没有空多管管她这个大女儿，所以连她休学的事情都不知道。

大概从弟弟出生以后，她就没有真正地感受过父母的关爱，所以她已经忘了被人疼爱的感觉是什么样的。

直到两年前，她去北京学画画，重遇了比她大一届的学长枫。

重遇枫以前,宋莹已经脱胎换骨了。她摘下了牙套,笑容自信漂亮，她学会了搭配打扮，也学会了做菜。

枫是那种很优秀、很完美的男生，宋莹大一刚入学的时候就知道他，那时候她站在台下，他站在台上代表学生会发表讲话。

那时候她就想：她距离他这么远，什么时候才能走到他身边。

宋莹不仅会画画，还会摄影，枫读大学的时候不仅在学生会身居要职，还是摄影会会长。宋莹当时没钱买设备，但是为了经常看到他，还是选择了加入摄影社。

是枫告诉她:“玩摄影，不一定要用贵的、好的镜头，现在没有钱，可以先买一个二手相机，只要用心拍照，拍出来的照片也会很好看。”

他们在学校的时候，充其量也只是学长和学妹的关系，这一次在北京重遇，宋莹一度觉得，这是老天赐给她的福气。

枫有点儿不敢相信眼前的女孩是宋莹，他记得她，但记得的是那个在社团总是默默摆弄镜头、有问题也不敢提出来的女孩，而不是眼前这个——双眼明亮无比，笑容自信大方，脸上化着淡妆，看上去精神、可爱的女孩。

当时宋莹身边有几个条件不错的北京男孩在追求她，她也觉得自己该谈恋爱了，可始终没有明确答应任何一个人的追求。

直到再次看到枫，她那后知后觉又慢热的心，才明白原来自己一直在等他。

这一次，宋莹不再像从前一样沉默，她主动出击，加到枫的微信后，每天一下课就会给他发信息，问他要不要一起出来玩。

那两个月，宋莹带着枫走遍北京的大街小巷。很奇怪，他们俩都能感觉到彼此好感，可谁也没有往前走一步，让关系突飞猛进。

越是喜欢，越是不敢靠近。

因为他们都知道，两个月后，枫要去上海实习，宋莹要回广东继续念书，也就是说，如果他们确定恋爱关系，那么就意味着他们要谈很长一段时间的异地恋。

对宋莹来说，枫仍然优秀，喜欢他的女孩数不胜数，那个人，不可能是自己；对枫来说，宋莹也变得很优秀，他最喜欢她的自信和开朗，她是那么好的一个女孩，他担心这段感情会有结束的那一天。

分别的前几天，两个人都心事重重，但情感战胜理智，枫最终还是当面跟宋莹说了他对她的心意。

“如果你也喜欢我……可不可以等等我？”

你们能体会那种感受吗？暗恋几年的男神突然向自己表白，宋莹隐忍多时的眼泪控制不住地滑落，然后枫顺势伸出手把她拉入自己的怀抱，抱得紧紧的。

分别后，宋莹和枫开始了一段不知道什么时候才能结束的异地恋。两人才刚刚确定关系，理应会度过一段非常甜蜜的热恋期，可他们都忙得厉害，有时候枫忘了给宋莹打电话，她会很不开心；有时候宋莹忙画稿忙到深夜，忘了吃饭，枫也会忍不住在电话里责备她……

所谓的热恋期，他们都是吵吵闹闹着过来的。

之后一年的时间里，他们总共也就见了四五次，其中有一次还是宋莹瞒着枫，直接从汕头飞去了上海，本来是想给他一个惊喜的，谁想到竟然撞到他和别的女孩子挨在一起说话的画面。种种狗血小三剧涌入宋莹的脑海里，她转身就要走。

枫看见了，连忙跑出去追她，说只是同事一起聚餐。

宋莹看着枫，突然明白原来爱情不只有甜蜜，还有伤心、心碎、怅惘、忐忑和不安……距离太远，他们俩都不知道对方的生活圈子，也不知道对方会遇到什么人。

宋莹忽然想放弃了。

枫一把抓住她的手，严肃地说道：“我发誓，我没有做任何对不起你的事！我最爱的还是你！”

他们和好如初，宋莹要赶回学校，枫抚摸着她的头发，心里默默地做了一个决定。

又过去几个月，宋莹终于要毕业了，当她打电话告诉枫这个好消息的时候，枫嘴角的笑容都凝固了。

宋莹拿到一家上海公司的 OFFER，而枫考研成功，考到澳门最好的学校——澳门科技大学。

他们都想着离彼此近一点儿，哪儿想到，又一次错过了。

宋莹想要放弃那家公司的 OFFER，然后在珠海找一份工作，这样他们俩可以每天见面。

但是枫知道，那个 OFFER 对宋莹来说多么重要。他说："异地只是暂时的，我们在一起才是最长久的。不要为了让双方近一点儿而放弃你原本的想法。"

"你就不怕我被人抢走吗？"宋莹也是一时气话，二十来岁的女孩子，偶尔也会作一下。

"我相信你，你不会的。"枫抱她抱得更紧，"我们是坚定的一对，我们肯定可以互相成就彼此。"

找房子是一件特别麻烦的事情，可枫不厌其烦地帮宋莹看了很多房子，打了很多通电话，最后敲定一个环境清幽、距离她上班不远的老房子。他化身装修工，把房子布置得简洁文艺。宋莹那时才发现，原来租房也可以有家的感觉。如果，枫也可以跟她一起住就好了……

后来，他们去了一趟泰国，玩得很尽兴，可开心过后，又要再一次分开。

一年又一年过去了，朋友们都不太看好他们异地恋，而他们俩铁了心要证明给他们看。不论什么节日，他们都约好要一起过——没办法见面，就在视频上陪着彼此，互相加油打气，有时候真的太想念对方，就对着屏幕亲一下。

我吃到好吃的食物时，想和你一起分享，你不在我身边；我看到好评如潮的电影时，想和你一起挑挑毛病，你也不在我身边；我甚至连生病也不敢告诉你，只能自己一个人强撑着去医院挂水。我很想你，想你陪着我，不做什么，就算只是说说话也行……

渐渐地，宋莹不再伤心，可她和枫的联系也慢慢变得少了。她已经快忘了，枫其实快毕业了，可以再次来到她的身边。

我和宋莹重新联系上，是因为我无意中给她的一条动态点了赞，她找我聊天，然后问我，她该不该继续等枫。

其实我不认识枫，不清楚他的为人，可是我莫名地想起第一次见到宋莹的那个晚上。

“你还记不记得，我们第一次见面，我去接你的那个场景……”宋莹很久没有回我，大概也陷入了遥远的回忆中。

她想起那个即使冷得不行也坚持等一个陌生人的女孩，想起那个戴着牙套傻傻的只会画画的女孩。那时候她无比普通平凡啊，怎么现在出落得越出色优秀，反而越小心翼翼，做事不够坦荡呢。

“如果是那个时候的你，你会怎么做？”

宋莹对我说了谢谢之后，就给枫打了电话。她想告诉他，她还是愿意等他的。然而，枫的电话却一直打不通……

以为对方先一步放弃的宋莹只能用大量的工作麻醉自己，她每天只睡两小时，其余时间都拿来画图。两天后她倒下了，发了高烧，她在家迷迷糊糊睡了几天，连下床给自己倒杯热水的力气都没有，更别提自己去医院看病了。

烧得迷迷糊糊间，她好像看到枫来了，他温柔地把她扶起来，背着她去医院打针。宋莹知道自己是在做梦，梦好美，她不想醒来。

等她的烧退了，宋莹才知道那并不是做梦，枫在厨房里忙活大半天，熬了粥，做了吃的。

宋莹眼巴巴地看着枫，吃他熬的粥和买来的开胃小菜，她特别害怕她一眨眼，枫就消失了。

收拾完碗筷后，枫掏出戒指，单膝下跪向宋莹求婚。

原来电话打不通不是因为他放弃了他们之间的感情，而是因为他出事了。他在珠海被人偷了包，手机、身份证尽失……他的婚戒早就备好了，因为手机和身份证被偷，所以才晚了两天来上海。幸好，他没有太晚赶来，不然宋莹出什么事，他会内疚一辈子的。

没有浪漫的餐厅，没有华丽的衣服，也没有昂贵的酒水……枫在这么一个二十来平方米的老房子里下跪求婚，是因为他等不及了。虽然他现在一无所有，但是他有一颗足够爱宋莹的心。

“你等了我这么久，现在，换我来守护你。”

宋莹和枫结婚那天，我去汕头吃了他们的喜宴。

那一天的宋莹是全世界最美丽的新娘，我再也记不起来她当年跑来珠海做义工的那个画面，因为，她早已不是那个小女孩，她长成落落大方的女人，是枫身边最无可取代的妻子。

当我们终于排除万难在一起以后，那些争吵的、不安的、患得患失的时光，如一块块散落各处的拼图，一点一点拼成，最完整的一幅拼图。

感谢你不曾放弃我，也感谢我爱你如初。

就爱你这种浑身是刺的姑娘

有一天晚上，樊志刚告诉我，他早就有心爱的姑娘，那姑娘是做文身工作的。

彼时距离我和樊志刚认识还不到三周，他莫名其妙地告诉我这么一个消息，我一时间哑口无言，不知道该拿什么话作回答。

说起来，我和樊志刚是因为相亲认识的。我们是在一家很豪华的饭店里见的面，他和我心有灵犀，看过对方的第一眼就知道没有必要相这么一门亲了。他在相亲这条路上还是比我有经验的，他和我父母说要带我出去走走，老人的心思毕竟单纯，想当然地以为他是看上我了，所以急于献殷勤，却不知道我们刚出饭店，就同时夸张地笑了起来。

他这个人嘛，做不成情人，还是可以当哥儿们的。

和樊志刚成为哥儿们以后，我发现他其实有点儿“娘”，走路会下意识地扭屁股，说话总是很小声，要是碰上耳力不好的老人家，他就算用尽全力也未必能让人家听明白他在说什么。

他还有一个让人讨厌的缺点：他这人太优柔寡断。

我和他第一次见面后我就和爸妈说了我们不合适，他这家伙倒好，一直不肯对老人说实话，害得我们双方父母都以为他是在单恋我。

我发现他这人真的是……就算狠狠扇他两巴掌，他也会忍着一声不吭。

以致我开始怀疑，他是否对女生没兴趣，所以才会在走投无路的情况下拿我来当挡箭牌，好应付他家那边五花八门的亲戚。

所以当他告诉我他有喜欢的女生时，我的第一反应是：他没有在逗我？他怎么可能……会喜欢女生！

樊志刚希望我可以帮他看一眼，我没答应，他第一次男子气十足地吼我，说我要是再不答应，他就找我爸妈去喝茶。

也许是他的男子气概吓到我了，我头脑一热就答应他了，陪他去了一趟林白的文身店。

林白这人，不只名字取得中性，造型也很中性——头发剪成干净爽利的板寸，脸上戴着一张黑色骷髅头的口罩，无论远看还是近看都是一个小男生的模样。

我和她大眼瞪小眼好一会儿，樊志刚在我身后推了一把，我被逼着往前挪了两寸，这才看到她白里透红的皮肤里头透着一丝女孩子的娇气。

“林白，我带我朋友来做文身，顺便光顾你的生意。”樊志刚讨好地冲她说道。

林白只是若无其事地撩起眼皮瞪了他一眼，声音隔着口罩飘飘忽忽地传来："现在预约满了，三小时后才能做。"

"没问题，等多久都做！"

"喂……"这家伙不知道我的时间很宝贵吗，自作主张地替我答应了，我拿手掐他的腰，他还嬉皮笑脸地冲我笑。

三小时后，终于轮到我做文身，我随便选了一个小的图案，让林白帮忙文在后背上，这样别人就不会看得见了。

林白做事很细致，我一直逗她说话，但她永远言简意赅地回复我一两个字，仿佛她的眼睛里、世界里只有文身这件事情。

"林白，你学文身多久了？"

"三年。"

"你什么时候开这家店的？"

"去年。"

我绞尽脑汁，也想不出更多的话，等做好文身，樊志刚帮我埋了单，林白也要关门回家了，他提议我们三个一起走。

我以为林白会拒绝，可她却同意了。说实话，我从未见过这样子的樊志刚：他一路上都在绞尽脑汁地抛出各种各样的话题。不用我回答，他自问自答都能乐呵呵地说下去。

林白始终和我们隔着一段不远也不近的距离，仿佛是这条路上另外一道无关紧要的风景。

我实在意外，不太明白这样的女生，有什么地方能吸引到樊志刚。

回家后，樊志刚也不怕打扰我休息，发来无数条微信消息，问我觉得林白怎么样，问我平时写那么多小说，有什么追女生的方法可以教他几招。

我懒得打字，只发送过去一段语音：“樊志刚，你没救了！我看你是撞上冰山了还不自知啊！”

他说，他也没办法，谁让他就是喜欢上了呢。

过了几天，樊志刚又喊我去林白的文身店，我当然不肯答应，毕竟文身不是什么稀松平常的事情，而且在身体上文图案是很疼的，他就算请我吃十顿饭也消除不了那种疼痛的滋味。

樊志刚没办法，只好使出撒手锏——脱了上衣。我吓得心脏骤停，连忙拿手挡住眼睛。

他很粗鲁地拿掉我的手，让我看清楚，我这一看，差点儿要吓吐了。

这小子前胸和后背都文了各种各样的图案。

“怎么样，够酷吧？”

“你有病吧！”我惊得语无伦次，差点儿要当着他的面打电话叫他爸妈过来，把这个精神病抓走。

他快速地把衣服穿回去，然后拉着我坐下来，把他和林白的故事原原本本地告诉了我。

原来，樊志刚三年前就开始喜欢林白了，三年前的他，刚刚大学毕业。从小到大他都是那种别人家的乖孩子，父母眼中的好宝宝，没有逃过课，没有打过架，更没有早恋过。

然而遇到林白的那一刻，他就知道他要完了。

三年前的林白还是一个水灵灵的大美人，留着一头瀑布般的黑长发，喜欢穿白裙子，像一个小仙女，走在路上能吸引众多异性的目光。

我无法把樊志刚口中的仙女林白和我所看到的假小子林白联系到一块儿去，然后他又告诉我，林白错爱过一个男生，从那以后，她就把自己的心门关上了，不许任何男生靠近。

人渣喜欢文身，她就跑去学文身；人渣后来谈了一个短发女生，她就很干脆地把留了多年的长发统统剪掉、发尾剃光。她也不再穿自己最爱的白裙子，因为那个人渣无意中说过一句“白裙子好俗气”，也不知她怎么想的，把所有白裙子都束之高阁。

林白的身边不乏追求者，但是她故意把自己弄成这样，吓跑了很多男生。

让人意外的是，樊志刚是唯一一个坚持留在她身边的人。

也不知道哪个心理学家曾分析过，说时下的年轻男生追求爱情的平均时间只有九十九天，如果超过这个天数还没有搞定一个女生，那么男生就很可能会转头去追逐别人。

有些人被伤害以后，会变成更好的人，而有些人却选择活在痛苦中，一直走不出来。

我劝樊志刚早点儿放弃：“林白是不会爱上你的，应该说，她不准备给任何人机会，你何必……”

“你不懂。”樊志刚摇摇头，对我很失望，“我还以为你懂呢。”

那天以后，樊志刚没有再主动来找过我，听说他还是有事没事就往林白店里跑。他这个傻帽，知道林白不待见他，于是每次找她都是打着要文身的旗号。他身上文满之后，又傻傻地要求林白帮忙洗掉。

林白忍无可忍，让他以后不要再来。他也不笨，迅速想到下一个对策，带别的朋友过去文身就好。

他这一次不知道又忽悠到哪个朋友，带他去林白的店里做文身。

我觉得他无药可救，也不打算再继续理他。

直到有一天，我妈打电话给我，说樊志刚出了交通事故，眼睛暂时失明了，问我知不知道这件事。

我提着果篮去医院，看到这家伙的眼睛蒙着纱布，他叮嘱我不要告诉林白。

我抄起苹果砸他，吼道：“你想多了，她不会在意的。”

他听了我的话，难过地低下头，我这才发现，他根本没有表面上看起来那么没心没肺。

我跑去林白的店里，把樊志刚出车祸的事情告诉了她，我没想到的是，林白的眼里泛起一层水雾。

我疑心自己看错，就又仔细地看了看，还没看清楚，林白就恳求我带她去医院看樊志刚。

我以为他们有戏，樊志刚守得云开见月明，连忙答应。

那是我第一次看到林白温柔可人的样子。

午后的病房很安静，林白远远坐着，给樊志刚削苹果，她刀法娴熟，苹果皮缠着一圈又一圈，很好看。

她没让我告诉樊志刚她来了，我只好装模作样缠着樊志刚聊天，樊志刚心情不怎么好，最后冲我挥挥胳膊，让我住嘴。

看完樊志刚，我和林白结伴走出医院。我怎么都不明白，她来都来了，为什么不让樊志刚知道呢。

出去的时候，林白告诉我，她准备离开这座城市，文身的铺子也在转让，等转手了立刻就走。

“去哪儿啊？”我虽然和她不熟，但明显感觉到她不是真的想离开。

“换一个地方重新生活。”

“那樊志刚……”

“你知道吗，我对他并不是完全没感觉。这几年，我把身边的男生都逼走，他是唯一一个不肯走的。但我无法确定，我是把他当作别人的影子，还是因为真的喜欢他才想跟他在一起。所以我想离开一段时间，确认一下自己对他的感情。”

我被这句话惊得目瞪口呆，总感觉眼前的林白，不是我之前认识的那个。她只是用各种东西武装自己，把最真实的那个林白藏起来了。

她有喜欢的男生时，眼睛一定会闪闪发亮的。

她会温柔地注视他，把自己的一颗心完完全全地交给他，只要是他说的，她都一定会相信。

她会无比在乎他的感受，就连最细微的表情，都不会错过。

可她很讨厌爱一个人，爱到失去理智，变得不像自己。

她当年已经错爱过一次，所以这一次，她再也输不起，而且她也不想伤害樊志刚。

在当今社会中，多少人贪恋快餐一样的爱情体验，又有多少人因为寂寞随随便便开始一段新的感情。

许多人在还没弄明白什么是“喜欢”的时候，就已经谈过无数段恋爱，可又有多少人，可以不甘寂寞地、一次又一次地拒绝别人。

林白蠢过，樊志刚也蠢过，我们许多人肯定也做过这样的蠢事。可只有当事人才能明白，当我们选择这样做的时候，不是因为我们蠢，而是因为我们当时真的太爱那个人。

有时候太爱了，所以不计较了，就算明知道是火坑，也得努力地往前跳。

有时候也不是不爱，只是想要奋不顾身地投入到一段感情中前，人们的心理活动就像是一鼓作气冲到悬崖边上，然后又急忙刹住脚步一样，只是害怕这会是一次错的选择。

我带朋友过去打算最后一次光顾林白的生意，哪儿想到几个人从外面闯进来，不由分说地砸烂她店里的所有东西。

任是林白平日里再冷静，也忍不住发出一声尖叫。

樊志刚就是这时出现的，他的眼睛刚刚恢复视力，看东西还很模糊，但是他想也不想就冲过来，一只手把我推向另外一边，另外一只手揽上林白的腰，紧紧地把她护在自己的身后。

他又一次刷新了我的认知，这家伙，越来越 MAN 了。

他知道他如果不能好好保护自己爱的女生，她就会受到伤害；他知道如果他不能在她有难的时候出现，那么她以后都不会再需要他；他还知道，一个人的潜能是无穷无尽的，他愿意变成一个超人，保护林白，让她相信他，把自己托付给他。

那天之后，林白改变了主意，她还是要走，但希望樊志刚陪她一起走。

而樊志刚呢，二话不说，立刻给领导递了辞职信，回家跟父母说了将近一宿的话，最后打电话把我吵醒，让我帮忙关照他爸妈。

“所以，你要和林白一起走？”

“嗯，也许不久以后我们会回来，也许我们会找到一个不错的城市，然后定下来。”顿了一下，他又补充道，“这是我做的最勇敢的一件事，也是林白做的最勇敢的决定。”

“如果……”

“没有如果。”樊志刚无比坚定地告诉我。

真的爱一个人的时候，你会愿意为TA赴汤蹈火，为TA跋山涉水，做许多不敢想的事情。

而我也相信以樊志刚的毅力，让林白彻底爱上他，是早晚的事情。

遇见你以前，我只是一个不值一提的平凡人；遇见你以后，我愿意为你变成无所不能的超人，帮你抵挡伤害，帮你排忧解难，让你的脸上充满笑容。

“剩”也要剩得高贵

吹完生日蜡烛，崔佳琳的年龄就要从三十五岁迈入三十六岁了。

代表着年龄的数字越往上拨，越是让当事人觉得心凉。

崔佳琳也一样，她很少主动提起自己的年龄，但不提起，并不等于可以随意忽视。

“年龄”对一个女人来说，肯定是最尴尬的词语，没有之一。

她今年三十六岁，没有结婚，没有小孩，甚至没有谈男朋友。她用工作多年攒下来的积蓄，在大理古城盘下一家看着像几年没有做过生意的客栈，又多花了好几万块钱，重新布置、打造，让这家客栈起死回生。

客人都叫她崔姐，她看着不显老，像是二十七八岁的模样。

闲来没事，她偶尔会让义工妹子帮忙扎两条小辫，现在也没多少人会弄这样的发型了，因为老气，但是当她梳起两条小辫时，却成了一道风景。

我和崔姐认识的原因很简单——我去大理玩的时候，提前在网上订好客栈，不料我订的客栈和她的客栈的名字只差一个字，我通过搜索地图找路时，不经意地去到她的客栈，我一眼就看到她精心布置的花园，像是无意中闯入一片世外桃源。

我当时喜欢得不得了，拍案决定留下来，不走了。

这一住，就住了整整三个月。

别人都说，大理是一个风花雪月的地方，确实没错，在崔姐那里住了几个月，我也遇到了各种各样的人，有模特，有画家，有导演……但是不论是什么身份的人，到了大理，都会选择脱下那一层代表身份和地位的外衣，变成一个纯粹浪漫的人。

有很多人到了大理，都会变成爱情高手，男男女女，如果轻易搭上话，又刚好两个人都对外宣称自己是单身，那么成功速配率高达百分之九十八。

这不，崔姐客栈里的一名义工小田和最近刚住进来的周扬，认识还不到三天，就火速成为男女朋友。

我有点儿好奇崔姐对小田和周扬在一起这件事有什么样的看法，她大概会读心术，很无辜地冲我笑了笑。

“都是小打小闹的感情，来得快去得快，周扬下周就走了，不可能让小田等他的。”

“你怎么知道？”我更好奇。

“我在这里做了这么久，碰到那么多人，现在不论谁入了我的眼，总能大概看出这人七八分的品行。”

看得出我其实最好奇她的爱情故事，她伸手拍了拍我的脑袋，拿出自己酿的桂花酒，喊我坐下。

我当然以最快的速度安静地坐下来，等着听故事。

我没想到，崔姐原来是北京人。

她家住在东城区，据说父母名下也有几套房产，车库里放着的车子更是数不清，按理来说，她是一个不愁吃穿，生活过得非常好的北京女性。

“那为什么……”崔姐早就料到我会有这样的反应，她把桂花酒推到我面前，让我先喝一口，再听她缓缓道来。

崔姐之所以从北京来到大理，是因为她是被驱逐的人。我无法想象，她看着吃穿不愁，却是一个典型的不婚族。

不婚族，顾名思义，不论到了多少岁，都不会有结婚的打算。

崔姐大概是从二十岁左右就萌生了这样的想法，也很明确地和自己的父母说了，然而她当时年纪还小，她父母压根不当一回事，由着她去了。

可怕的是，一年又一年过去，崔姐三十岁了，这时她的父母才发现，女儿真的是铁了心不结婚生子。

那怎么办呢，崔姐的父母是有头有脸、又好面子的人，退一万步来说，在两个老人的观念里，孩子大了肯定都要结婚的，没有不成家的道理。

在他们的世界观里，孩子不结婚成家，跟犯了法一样严重。

“后来呢？”崔姐说到这里忽然顿了很久，迟迟没有要说下去的打算，我心里一沉，总感觉她后面要说的话肯定如一枚深水炸弹，引爆后，会狠狠地把我炸飞。

“后来，他们不知道从哪里听来的说法，说只要把我送去精神病院治疗几个月就能好。所以我很无辜地被抓进精神病院，他们找来不同的医生给我看病。我像不小心碰到陷阱被猎人逮捕的野兽，受了伤走不了，只能等死。”

我一听，吓得筷子没拿稳。而崔姐呢，很平静，平静得像是在说别人的事情，脸上有的，只有云淡风轻的从容和释怀。

崔姐当时很恨她的父母。

可恨归恨，他们做得再不对，也还是她的父母。

崔姐的父母认为，崔姐只是生病了，一旦病治好，他们的女儿也会像别人家的女儿一样，物色一个很好的男生，然后穿上洁白华美的婚纱，步入婚姻殿堂，过上幸福美满的生活。

其实崔姐知道自己根本没有任何问题，她也有喜欢过别人，但不论多喜欢，仍然坚持不婚主义。

就是因为这一条不婚主义，连续吓跑了好几个条件都不错的男生。

我问崔姐觉得可惜吗，崔姐略带遗憾地说：“可惜啊，可是有什么办法，我就是不愿意结婚。”

被关进精神病院的那段时间其实不是很长，但对当时的她来说，每一天，细致到每一分、每一秒都是煎熬。

她甚至动过轻生的念头，想着等护士看不见自己的时候，一鼓作气跑到某一扇窗户旁，然后眼睛一闭，直接跳下去，一了百了。

当然，她没有这样做。她确信自己是正常的，她需要逃到外面才能恢复正常的人生。

让我无比意外的是，崔姐当时也不知道是用了什么办法，成功避开所有人，侥幸地从医院那里逃跑出来。

大概，人被逼到一定份儿上，总会激发出一些意想不到的潜能，如大力士、如超人，突然爆发，绽放强劲的光芒，最后顺利逃跑。

我能脑补当时的画面，肯定十分惊心动魄，像看 3D 电影一样刺激惊险。

崔姐只是无力地笑了笑，说：“没有你想的那么夸张，但我也记不起来了，因为当时脑袋混混沌沌的，只想着一定要逃出去，不能再被人当精神病抓回去。”

后来，崔姐义无反顾地离开北京，她先后去了成都、上海还有广州，她的学历很高，外形也不错，工作经验也很多，她做了很多年公关工作，不论跳槽到哪家公司，都可以混得风生水起。

我忍不住问她：“为什么不把‘不婚主义’藏起来，反而要告诉别人呢？”

她说：“我只是想做个光明磊落的人。”

世俗的眼光是可怕的，崔姐的同事总是明里暗里讨论她的不婚理论，更过分的是不知道是谁带头嘲笑她是因为没有男人要，才会对别人说自己是不婚主义。

她当时听到这样的话，气得快要爆炸。她也告诉我，不要以为现在社会开放了，能把从前不敢谈论的话题搬到明面来说，就想当然地以为人们的包容性变大了，其实并没有，甚至有些人的思想依然落后封闭，看到你做出与别人不一样的事情，会想当然地觉得你是怪胎，会狠狠地嘲笑你，抬高自己的地位。

后来，崔姐辞掉了高薪工作，到云南各个地方待了一年的时间，兜兜转转回到大理，把一家濒临倒闭的客栈盘了下来，还用自己的方式和力量，让这家客栈重新焕发生机。

本来的客栈，从入口到前台的一段距离，都没有什么摆设，院子里的花草也枯萎得厉害。崔姐便找人做了一条透明的玻璃栈道，这条道上还有各种各样生机勃勃的花草，曾经荒凉的院子，也在她的悉心打理下，变成一座花园王国。绿树成荫，鲜花飘香，吸引了无数摄影爱好者来取景拍摄。

不论是谁来到她的客栈，都会感觉眼前一亮，仿佛不小心闯入一座花园一般。

原本客栈的每个房间也是普普通通的，她又网购了许多材料，把每一间房都布置成了文艺清新的主题房。

其实做客栈的，做的更多的是情怀。不论是什么样的客人，结伴的还是单身的，崔姐都会主动上前和客人说话，她的亲切和热情也为这家客栈加分不少。

老姜是在我差不多要离开崔姐客栈的时候才住进来的。

老姜先后有过两段婚姻，最后都是以离婚收场，他是崔姐以前工作时的一位客人，可是崔姐不认得他。

崔姐经历的事情太多，老姜眼中的“缘分”，到她这里不过是莫名其妙的偶遇。

老姜也不勉强，只是坚定地对她说："我印象最深刻的，是你的不婚主义。"

崔姐一听，蓦地身体一震，总感觉这家伙会像其他人那样，拿她的"不婚主义"肆意取笑，然后标榜自己有多正常。

然而老姜的下一句话却是："正好，我现在也是不婚主义，而且也想在大理长久待下去。如果你愿意给我一个机会，我们可以试着交往一下。"

如果一个男生说自己是不婚主义，有可能是不想负责任的表现，但老姜不一样，他很心疼崔姐，更是后悔他这么晚才再次来到她的身边。

三十六岁，不结婚不生孩子，从北京跑到大理，把所有积蓄用来盘下一家不会赚什么钱的客栈，也许在别人眼中，崔姐是怪物，是异类，是神经病吧？谁说不是呢。

她只是比一般人都懂得自己想要什么，也比一般人更加坚定自己要的那份东西。不婚就不婚，做剩女就做剩女，就算是剩女，崔姐也是我心中最高贵的"黄金圣斗士"。

我也知道，崔姐缺的不是恋爱或者金钱，也不是一段若有似无的关系，她缺的，大概是一个懂得她的人吧。

在所有人当我是怪物时，只有你义无反顾地来到我身边。你告诉我，我很好，不用在意别人的眼光。这应该是比情话更能打动我的话语。

c h a p t e r

03

千帆过尽，总有人在身边

遗忘别人带给你的伤害吧，

如果不能往前看，至少不要困在原地。

为了那些爱你的人，请努力往前奔跑吧。

最 完 美 离 婚

我家楼下有一家“便民超市”，说是超市，其实类似小卖部，卖各种日用品，还帮忙收快递。

我刚搬过来的时候，网购了许多东西，和同一个屋里的其他租客也不认识，只好麻烦各路快递员把我的物品寄放在“便民超市”。

老板是一个大约六十岁的伯伯，人很好，没多久就认得我了，之后他看到有我的快递，都会主动地把我的东西收好，等我过来拿。

每次下班回家，我总要先去超市拿我的东西，偶尔会和他聊几句。例如他会问我“今晚吃什么”，我说“不吃，减肥”，又或者他给我介绍附近的好吃的，我笑着点头，其实没胃口吃东西。

但伯伯确实是一个很热情的人，附近的邻里都喜欢跑来这里和他说说话，或者买东西，小区里的其他小卖部，则显得冷清多了。

他似乎从不休息，我上班的时候他就已经开门做生意了，要是我有事情晚上很晚回家，他的小卖部也还亮着灯。

我每天都会和他聊几句，比和我爸妈聊的天还要多，但有人说说话也是好的。

这个看着不起眼的小卖部，莫名的让我觉得温暖。

也不知道是从哪一天起，伯伯没有再开门。直到一周后，“便民超市”又开门了，可伯伯不在里面。

站在里面的是一对三十来岁的夫妇，我才刚搬来不久，没见过他们很正常，旁边的人说那个女人是伯伯的女儿，那个男人是伯伯的女婿。

外面围了很多人，他们都等着伯伯出现，可是等来的却是他中风进了医院，下半辈子只能依靠轮椅活动的消息。

很多人都觉得唏嘘，明明之前看着还那么硬朗健康的人，怎么说倒下就倒下了。

这是不是叫作命运无常？

伯伯的女儿叫郭婷。

郭婷说，他们一家本来不是北京的，他们老家在河北，郭伯伯年轻的时候来到北京打拼，算是很幸运吧，跟着老板创业，竟然成功赚下第一桶金。

别看他们一家在经营这么一个不起眼的小卖部，其实郭伯伯在北京已经有好几套房产了，算是隐形富豪。

可这些年，投资失败，炒股亏了钱，加上帮郭婷丈夫还债，郭伯伯只剩下一套房子。

“郭姐，你以前是做什么的？”

“我啊……”郭婷忽然叹气。

她大概从没想过，郭伯伯会一下子病倒。

在她的记忆中，老爷子虽然出身不太好，可是从很小的时候就北漂打拼，她恍惚记得老爷子说过自己做过几十份工作。

小时候，她看老爷子的眼神都是崇拜的。作为女儿，崇拜自己的父亲是正常的，可她自己也知道，她爸不算是一个合格的丈夫和父亲。

爸爸为了赚钱，常年不回家，只定时把生活费打到家里。

郭婷后来才知道，爸爸赚钱越来越多，已经在北京买了几套房，生活越来越好，但应酬也越来越多。

她隐约记得，妈妈每次打电话给爸爸都会发生矛盾，两个人每次说不上几句话，爸爸就会把电话挂了，妈妈很生气地摔掉电话，然后坐在床边哭上半宿。

郭婷十五岁的时候，妈妈和别人走了。爸爸打电话给她，让她立刻来北京。

于是，她一个十几岁的小女孩，坐了很久的火车来到北京。出火车站的时候，北京正下着倾盆大雨，爸爸明明说了来接她的，可是她等了将近一宿，也没等到他。

后来她才知道，爸爸被离婚这件事打击得厉害，整日借酒浇愁，已经很久没有工作了。而他之所以没来火车站接她，也是因为喝酒。

郭婷觉得，她妈妈会跟别的男人跑掉也是正常的。

换成是谁，都不会愿意自己的老公整天只顾着赚钱，连过年都不回家和家人团圆的吧。

郭婷不喜欢北京，总感觉这里哪儿都不好。她去新的学校后没有人愿意和她玩，她也跟不上课程进度，有时候她也想和爸爸说自己的事情，可每次回家，看到的都是他烂醉如泥的颓废样子，很多话滚到嘴边，又统统吞了回去。

她大概是从那个时候开始变得讨厌爸爸的吧。

明明住在同一个屋檐下，身上流着一样的血液，就连长相也有八九分相似，可郭婷再也没有叫过一声“爸爸”。

郭婷每天穿上校服、背上书包假装是去学校，但其实她已经很久没有去上课了，她每天会去半地下的游戏室打一天游戏，她把那里当作是自己的家，到了傍晚再背上书包若无其事地回家去。

她每次回去，爸爸不是醉酒就是不在家，他们父女俩靠着几幢房子每个月收回来的租金，过着不好也不坏的生活。

郭婷觉得读书很没有意思，唯一的亲人也不管她，她索性就放飞自我，认识越来越多不学无术、整天只会打游戏的人。

在她十八岁生日那天，酗酒几年的爸爸突然之间醒了过来，他把堆得满地都是的空酒瓶扔掉，把所有沾满酒气的衣服用手洗得干干净净，泛着清香。

他记得今天是郭婷的生日，于是跑去蛋糕店做了最贵的蛋糕，然后他又跑去商场，想要给女儿买生日礼物，可在里面转了一天，郭伯伯都不知道该选什么礼物。

他后知后觉地发现，作为父亲，他实在不知道女儿喜欢什么。

他希望女儿在十八岁这一天得到快乐和满足，还希望她可以原谅自己这几年的颓唐消沉……被愧疚的情绪包围，郭婷她爸一股脑地买了很多东西，花了几千块，当他把所有礼物都堆在客厅，想象着女儿回来以后看到他准备的惊喜，会笑得开心。

可郭婷那一晚没有回家。

她跟着当时的男朋友去露营，那男生比郭婷大七岁，说好会带一帮朋友来露营的，结果郭婷到了那边，才发现只有自己和那个男生。

“其他人呢？”她忽然有点害怕，吓得瑟瑟发抖。

“我陪你过生日不是更好吗？”男生平日一副正人君子的模样，这一刻却像一只大灰狼，打定主意要一口气吃掉郭婷这只小白兔一样。

他一脸调笑，一只手已经抚上她的肩，不轻不重地捏了一下。

他已经二十几岁了，自以为可以很好地搞定像郭婷这种十几岁的小女生。

郭婷自然知道男生想对她做什么，可是不该在这一天，她觉得太快了，她和他认识才两个月……她忽然想到自己的爸爸，她恨恨地想，如果不是他，她怎么会沦落到被认识两个月的男生欺负！

当那个男生朝郭婷扑过来时，她想也不想，直接下意识地抬脚踢了他，然后她头也不回地跑掉了。

她一边跑一边哭，泪水止不住地往下流。

郭婷随便找了一家宾馆住下，一直睡到第二天中午才退房回家。

刚打开门，一只蛋糕从远处飞来，狠狠地砸中她的脑袋。

郭婷抬头，看到爸爸一脸暴怒地瞪着她。

屋子里，堆满许许多多的礼物。

郭婷才知道，爸爸等了她一宿，想要给她一个惊喜。

他以为她出了什么事情，找遍了所有地方，结果却听到了和她有关的流言。那些男生为了面子说的谎话就这么传遍了校园……

他问郭婷这些是不是事实的时候，郭婷竟然点头了，那个瞬间，她只看到了生气的父亲。她就是想气一气他，他已经缺席了她之前那么多重要的时光，现在来弥补？太晚了！

她的不澄清，导致事情越传越离谱。她想要好好解释，却没有一个人愿意相信她。

就这样，她度过了痛苦的两年。她没有考上好的大学，她爸爸让她去复读，她不愿意，于是上了一所大专。

混到了毕业，她想找点儿事情打发时间，结果能应聘的都是一些服务员什么的，她不愿意去，最后就每天宅在家里。

她爸看到她这样，心都寒了，他开始每天变着法子让她去相亲。

郭婷认识一些同龄人，他们的生活看着多么丰富多彩：A 每天上班，很忙但很充实，就算加班也有一帮志同道合的人和她一起工作到深夜；B 这一周去了泰国，过俩月会去香港，还问朋友圈里的人需不需要代购；C 和念书时的男友结了婚，是奉子成婚，前不久晒结婚照，这一段时间晒宝宝衣服，看来过不久就要晒宝宝了……

她也是直到这个时候才发现，原来自己的人生是这么悲哀，她如果没有十五岁那年跑来北京投奔爸爸，如果没有在十八岁生日那一晚跑去野营，如果高考没有考砸……她的人生，是不是也和很多同龄人一样，看着普普通通，但起码不至于那么落魄。

郭婷又一次气到老爷子了，因为她选了一个最穷的男人，草草地把自己嫁了出去。

郭婷当时觉得，嫁谁不是嫁，还不如选一个最养眼的。

她想着要和老爷子吵一架，哪儿想到爸爸一下子就同意了，他给他们俩提供婚房，然后他自己盘下小区的小卖部。为了方便开店，他晚上就睡在小卖部的隔断间里。

那时候郭婷不知道，她爸只剩下这一套房产了，如果他不盘下小卖部做小买卖，根本没地方住。

结婚三年，郭婷多次抓到老公出轨。不仅如此，这个男人挥霍无度，还对赌博上瘾，她无数次想过要离婚，可是当“离婚”这两个字从爸爸嘴巴里提出来的时候，她莫名觉得烦躁。

郭婷她爸听过有关女婿不好的传言，哪里想到有一天他亲眼看到他和另外一个女人从宾馆里大摇大摆地走出来。

他实在受不了，直接冲上去把女婿放倒在地，狠狠打了一顿。

回家以后，他找女儿说这件事，从她的表情里他能看出来，她早就知道了。

“闺女，那你为什么不和爸说？”他痛心疾首地问。

“告诉你？”郭婷觉得特别讽刺，“从小到大，我的什么事情是你参与过的？我的多少事情是你关心过的？”

他明显一愣。

“我的人生变成这样，其实说到底，是你害的！”

就像被人狠狠打了一棍子，他整个人都蒙了，他怎么会害自己的女儿？他不可能害她啊……

作为一个父亲，他到底是有多失败，才会被自己的亲生女儿恨成这样。

也是要和爸爸怄气，郭婷不肯离婚。

直到爸爸突然中风入院……

一开始郭婷不相信这件事，还以为是别人闹着玩的，所以她是过了几天才去的医院。当她看到那个和自己最亲近、也最陌生的男人躺在病床上奄奄一息时，她恍惚发现，原来他是真的病了。

这个人怎么会倒下？

他看着这么硬朗，谁能想到他说倒就倒。

医生说，郭伯伯能醒过来已经是不幸中的万幸了，但将来走路应该很困难，只能借助轮椅，更别说能继续工作了。

她在病房呆坐了一天，还想着等老爷子醒来，继续和他吵一架，结果老爷子双目含泪，说话也不利索。

“超市……帮我开下去……”

“你在装什么死啊？！”郭婷崩溃地大叫起来，“你赶紧给我起来！你不许这样躺着！”

郭伯伯没有任何反应，只是痛苦地眨着眼。最后，护士从外面冲进来把郭婷拉出去，安抚她的情绪。

这个坚强的老人是真的倒下了。无论郭婷怎么骂他，他都起不来。这时候郭婷才明白，原来让一个人迅速成长的不是婚姻，而是至亲生病，而她只能逼着自己去承认这个事实。

郭婷第一次来到小卖部，里面破破的，还有一个隔断间，她这才发现原来自己的爸爸这几年都住在隔断间里。小卖部生意不错，看到开门，很多邻里街坊都来问。她也是这时才知道，原来他有这么好的人缘。

她的爸爸和亲女儿的关系这么糟糕、恶劣，却和这里许许多多的陌生人有着不错的交情。听上去，也是够讽刺的，不是吗？

郭婷本来想把这里盘出去的，帖子都发出去了，可不知怎的，当她接到好几个问小卖部的转让费是多少的电话时，又匆匆挂了电话。她临时改变主意，想着再开一下，看能不能撑过半年时间。

让她意外的是，老公也过来一起帮忙。

郭婷一早就过来开店，到了晚上十二点准时关门。

她没什么经验，有时候会不小心找多或者找少零钱，有时候又会忘了补货。

神奇的是，她每次遇到什么问题，她爸爸总会心有灵犀地打电话来，问她遇到什么困难。为了生意，她暂时放下怨怼，如实把遇到的问题告诉他，然后他很迅速地提出解决方案。久而久之，她遇到事情就会打给他，有时候，也会问他在医院里怎么样。

小卖部的生意真的不错，就算大家不来买东西，也会找郭婷聊几句，说说自己的工作，说说最近的天气，仿佛是一道微弱但不能忽视的光。这个小卖部，用自己微弱的光芒照亮了住在这个小区里的北漂青年们。

日复一日，郭婷慢慢认得了很多人的脸，她好像有点儿明白她爸爸为什么执意要留着这个小卖部了，她也终于有了一个期盼，觉得这个小卖部等于她的第二个家。

而她的老公，像是吃错药一般，每天都过来看店，有时候还会温柔地叫她回家休息，他来守店。

一个月过去了，三个月过去了。

半年过去了，一年也过去了。

两年以后，郭伯伯慢慢能走路了，他凭借着自己的力量来到小卖部。

看到他的瞬间，郭婷也有点懵了，因为他没有告诉她，他今天会出院。

郭伯伯转了一圈，一直没看到自己的女婿，问郭婷那人去哪里了。

“爸，我和他半年前就离婚了。”

原来，郭伯伯在两年前听说女儿不同意离婚后，找女婿做思想工作，后来他中风入院，醒来后又找他说，如果他可以和郭婷一起守着小卖部，他答应两年后会把他送给他们当婚房的房产转到他的名下。

半年前，郭姐又一次抓到他出轨，并且和他争执以后，从那个渣男口中听到了事情的真相。

郭伯伯辛苦打拼了几十年，除了这个小卖部就只剩下一套房产，为了女儿的终身幸福，也要送给这个男人，只是因为他以为女儿想和这个男人过一辈子。

他哪里想到，这个男人一边哄着郭姐，一边又寻花问柳，最后郭婷恍惚醒来，不再自欺欺人，把他的东西统统丢出去，让他滚蛋。

而她，这个年纪离婚，肯定少不了别人的闲言闲语，但她这一次不再惧怕，而是坚定信心，一个人守着小卖部，重新过上一个人的生活。

“如果我和那个人渣继续过下去，您确定要把房子转到他名下？”郭婷不敢置信地问。

“嗯。”郭伯伯小心翼翼地说，“我欠你的……”

郭婷以前确实觉得，郭伯伯欠了她许多，可仔细一想，他其实没欠她什么，是她心里执念太重，把所有错误的事情都归咎到她老爹的头上。

其实，这个世界上没有谁离不开谁，但亲情，却是一辈子的牵绊。

她只是太晚明白。

奶 奶 的 缝 纫 机

每一年的清明节，我都会跟着爸妈回去乡下的祖屋，待上小半天，然后给爷爷奶奶上坟。

我竟然梦到了我的奶奶，我很诧异我会梦见她是因为这么多年来，我和她几乎没认真说上过几句话。

我的家乡在广东清远市，距离太平镇上还有两小时车程的一个山沟沟里，爷爷家的祖屋，说白了只是一座盖了两层楼高的老房子，从门口跨过门槛走进去，首先映入眼帘的是左边的露天灶台，灶台旁放着一捆捆扎好的干柴。

再往前走，会看到一口水井，倒不像是古时候拿一只水桶放下去再把水提上来那么古老，水井旁安装了一只辘轳，小孩子力气不够，没办法转动辘轳打到水，但我记得小时候我总是喜欢打水玩，总觉得很威风。

再往前走，就是住人的屋子，灰扑扑的老屋终年弥漫着一股让人不太舒适的霉味，奶奶的老式缝纫机放在二楼，其实除了她，没有人会用这么古老的东西。

我的爷爷是在我十岁那年去世的，那会儿我还小，但我也记得清楚，记得我爸接到电话后难过不已的模样，然后他和我妈督促我换好衣服，说亲戚要开车来我们家，接我们一起回清远。

小小年纪的我，没觉得亲人离世是多么悲伤的事情，因为在我仅有的记忆里，我看到许多几乎没见过面的亲戚，和我们坐在一起吃饭、聊天，我爸一直默默地吃菜、点头，没有多余的话。他们就一只手拍过去，拍到我爸的背上，然后我记得那些亲戚说：“女儿都十岁了，工资还那么低，也不想换一份好一点儿的工作，将来怎么供她读大学啊……”

吃完饭，我和所有人一起回到祖屋，奶奶躺在床上，我爸、我大伯还有大姑妈都在里面陪着。奶奶本来就长得瘦小，现在又因为伤心过度，整个人瘦了两圈，小小一团缩在床上。她身上的老人味钻进我的鼻子，我忙躲到门外去，一直不愿走近。

后来的事情变成一团模糊的影子，只记得我的几个姐姐和哥哥都哭得厉害，我看到我妈也哭了。我呆呆地看了他们好一会儿，想到以后再也见不着爷爷了，这才有些难过，最后也跟着哭了起来。

爷爷去世后的那个暑假，我爸带上我一起回乡下陪奶奶。我妈不太愿意过来，我爸也不勉强。等我长大以后才听我妈提起，说她年轻的时候被我爸骗了，我爸骗她说他们家乡下有一座大房子，谁知道房子在山沟沟里，而且是一间不值钱的老祖屋。

我不想和我爸睡，只好和奶奶一起睡，可我也不喜欢奶奶，因为奶奶睡着后打鼾声很重，很吵。我想让奶奶睡着后小点儿声，可是不知道怎么表达这个意思。

有一天下午，我爸去邻居家串门，奶奶难得没有午睡，我心满意足地睡了一觉，醒来后，我看到她人在二楼，坐在一台老旧得看不出颜色的缝纫机前，我不知道她在缝补什么东西，在好奇心的驱使下，我跑到了二楼。

我看到奶奶的眼睛红红的，像是哭过一样。我问她怎么了，她只是冲我摇头，她不会说粤语，加上我爸不在，我其实很难和她交谈。

那一年的暑假，是我人生中最漫长、最无聊的一个暑假，山沟沟里没有任何东西可以玩，老祖屋连电视机也没有，我和别的邻居又不熟，每天除了发呆和睡觉，就是听二楼的缝纫机工作的声音。

后来我爸告诉我，那台缝纫机是我爷爷送给奶奶的第一份礼物，时髦点儿的说法，就是定情信物。

暑假快结束前，奶奶的缝纫机突然罢工了，我第一次看到这个将近六十岁的老人慌得手足无措的模样，我爸想着他应该能修，没想到帮了倒忙，刚刚还有一点儿声音的缝纫机，被他折腾了几下以后，连声音也发不出来了。

最后我爸宣布，这台缝纫机已经彻底坏掉了。奶奶崩溃地说着家乡话，我一句也没听明白，但从我爸蹙着眉头的表情来看，奶奶应该还想再修一下。

翌日早上，大概三四点的光景，奶奶瞒着我们，一个人走了四五小时的路，去到太平镇上，一路问过去，终于找到专业的师傅然后请他跟她回来修缝纫机。

我爸知道以后，狠狠地责备了奶奶一番，一个老人天还没亮就出发走路四五小时，作为儿子听到这样的事情，心里肯定不好受。可是奶奶只是无所谓地笑笑，她说没关系的，只要缝纫机可以修好，一切都好商量。

师傅在老祖屋待了一天，吃了两顿饭，可也没修好那台缝纫机。奶奶似乎相信专业人士的话，她很礼貌地送走了师傅，但谁都能看出来，她很不开心。

暑假结束以后，我终于如愿以偿可以离开老家，回到大城市读书、生活。我爸多次喊奶奶跟着我们一起走，但她死活不肯，她一个人固执地留在这所几乎没有东西的大房子里，原因只有她自己知道。

后来，每年过年还有清明节我和爸妈都会回乡下，奶奶的身体一年不如一年，越来越多的白发把她的小小脑袋缠得密密麻麻的。

我渐渐长大，懂得那台缝纫机对她的意义有多重。我和奶奶仍然很难交流，偶尔能看到她一个人坐在缝纫机前发呆。

她一个人孤孤单单地又过了十年，十年后的一个半夜，她在起夜上厕所时栽倒在地，再也没能醒过来。

第二天，隔壁邻居发现了晕倒的奶奶，那时候奶奶已经断气了，据说她当时还保持着脱裤子的姿势，狼狈又凄凉。

这次回老家奔丧，我不像小时候那样不懂事，而且我也知道，奶奶不在了，以后回来的机会更少。我突然有点儿不舍得这个什么也没有的老祖屋。看着那座空荡荡的房子，我好几次忍不住打了一个激灵，总感觉奶奶还活着，她在某个角落看着我，她并没有离开我们。

当天夜晚，我爸拉着我说，其实爷爷年轻的时候做过对不起奶奶的事情，搁在二楼的缝纫机，是他们俩的定情礼物，也是爷爷给奶奶的赔罪礼物。

爷爷年轻的时候家里还蛮富裕的，他瞒着奶奶在外面找了别的女人。奶奶其实什么都知道，她只是忍着不说，每一天在家里等着自己的爱人回家。

后来，爷爷在外面找的女人把他的大半身家都骗走了，爷爷好几次想自杀，都是奶奶把他从鬼门关那里拉了回来。

钱没有了可以再赚，可是命没有了，就真的什么也没有了。

那段时间，爷爷的心情很低落，也不能再出去工作，家里的重担被迫落在奶奶瘦弱的肩上，奶奶毫无怨言，每天起早贪黑地来回走六小时的路到太平镇上的一家工厂里面打工。

奶奶没有怪过爷爷吗？我想肯定怪过，也动过要分开的念头，可是她最后还是选择留在他身边，她愿意和爷爷一起共度所有的难关，愿意用自己的行动向爷爷证明，这个世界上，还是有真情存在的。

后来，爷爷真的重新振作起来了，他出去工作，用第一个月拿到的工资买来一台缝纫机送给奶奶，因为他知道奶奶喜欢自己缝制衣物袜子。

当时我爸只有几岁，但他还是记得清清楚楚，每到晚上，缝纫机的声音会准时响起，爷爷坐在一张摇椅上看着奶奶工作，昏黄的灯光把平淡无奇的画面映照得格外温暖。

其实，奶奶的缝纫机是我弄坏的。

十年前，我贪玩去了二楼，因为太过好奇而动了缝纫机。我以为爸爸可以修好，甚至以为它会自己好起来……我一直不敢告诉别人，奶奶的缝纫机，是我弄坏的，也是我，把她的最后一份“依恋”给毁掉了。

奶奶，我一直以来都欠您一声“对不起”。

对不起奶奶，您听见我的道歉了吗？

我的奶奶，是一个乡下妇女，年轻的时候是一个漂亮美人，她十八岁的时候嫁给我爷爷，一共生下三个孩子。她这一生都很普通，普通得不值得花笔墨去介绍她的故事，但她对我来说又是不普通的，她坚韧、顽强、固执，她懂得包容，也懂得尊重，她平凡又伟大，我这一生再也见不到她了，可我会经常梦见她。

我知道，她也会再回来我的梦里。

如何回忆你，笑着或流泪

我没有想过，云姨还会打电话给我。

我还在上着班，电话忽然响起，我看到手机屏幕上闪烁着她的名字时，大脑空白了将近半分钟。

接还是不接？就算接了，我该和她说什么？

其实仔细算一下时间，大嘴离开我们好像也有三年了。

我所说的“离开”，不是指出国散心，而是指已经离开这个人世间。大嘴是我们的朋友，曾经的朋友，她去世以后很长一段时间，我们都默契地不再提起她。

大嘴去世后的两周，我们第一次见到云姨。

那是三年前，云姨的实际年龄并不大，她在十八岁的时候生下大嘴。这个年龄还不到四十的女人，从一个遥远的小县城坐几天几夜的火车赶来，一张脸充满悲怆和愁苦，看着像是五十几岁的样子。

云姨，大概就是别人口中经常用嘲笑口吻形容的“乡下人”吧。

她似乎不知道大嘴是怎么过世的，她眼神闪烁，嘴唇颤抖，拿眼角余光从我们几个人的脸上一一扫过，最后走向我，问我大嘴是怎么死的。

我只听见脑袋发出一声“轰”的巨响。

不知怎的，我脱口而出：“车，车祸死的。”

我话一出口，朋友们纷纷倒抽一口凉气，他们似乎用眼神质问我：“我的天，在大嘴妈面前，你也敢说谎？”

后来我总是想起这一幕，我知道，云姨要是问另外的人，他们肯定会告诉她真相，可她偏偏问了我。

失神的瞬间，我已经按下接听键：“喂，云姨，您最近还好吗？”

“我很好……你在忙吗？我是不是打扰你了？”我想起三年前，云姨还用着最老款的诺基亚手机，不知道现在换了新的手机没有。

“没有的事。”

“我来广州了，晚上方便见一面吗？”

我笑着答应，心里却苦得要命。

云姨是坐飞机来的。

我听到她在电话里问我怎么从机场坐大巴到市区时，心中充满错愕。她怎么会有这个钱坐飞机来找我？倒是忽略她为什么会来，而且偏偏又是找的我。

我让她坐大巴车到广州火车站，我左等右盼了一会儿，看到大巴车在路边停下来，车上下来好几个人，却没看到云姨。

后来，我终于见到云姨，她不再是三年前我见到的那样，她穿着价值不菲的衣服和鞋子，脸上打着厚厚的一层粉底，嘴唇上涂了艳俗的大红色口红。是她先认出的我，挥手和我打了招呼。

我看到她这一身打扮，顿时不知说些什么。

云姨喊我帮忙叫一辆车子，她说约了人在珠江新城那边吃饭。从火车站过去最快也要一个半小时，车费起码要八十块以上。

我按照她的吩咐叫来一辆出租车，和她一起去了那边。

我以为这种方式的见面已经足够让我震惊的，没想到更让我不敢置信的事情还在后头。

上车时，云姨直接把手机拿给司机看，让他把我们载去手机里显示的地址，等车子停在一家四星级餐厅门口时，我惊得眼珠都要掉出来了。

云姨却眉开眼笑地招呼我下车。

她应该也是第一次来这种高级场所，一直蹑手蹑脚地跟在我身后，我只好假装自己来过很多遍，故作镇定地带着她往里走。

她约的人似乎早就来了，一直在等她。

云姨壮起胆子到处看，最后视线落在角落位置的一张桌子上。一个年轻的男生安安静静地坐在那里。

云姨没等我，直接走了过去和年轻男生打招呼，再施施然地坐在他对面。

一瞬间，我的脑袋里涌进各种纷乱的信息：飞机、打扮、四星级餐厅、幽会……我吓得心慌，跑去卫生间，拿出手机，然后迅速把几个好朋友拖到一个群组里。

“我有一件大事情要宣布……云姨来广州了！而且，她和一个小鲜肉约会！”

群组里静悄悄的，没有人吭声，她们似乎集体失忆，不记得云姨是谁。

过了很久，不知道谁冒了一个头：“她爱干吗就干吗，你别管了。”

“你们……”

我知道，她们并不是真的讨厌云姨，她们是不愿意再触碰和大嘴有关的事情或者人物了。

这时云姨打电话给我，问我在哪儿，服务员上菜了，让我赶快回来吃饭。我总觉得我不应该出现在这里，就找了借口说我胃不舒服，先走了。

没想到，云姨第二天又来找我了，这次我躲避不开。她直接去了我公司门口，她说晚上想游珠江，想让我陪着。

“您昨天约会的那个小鲜肉呢？”这句话在我嘴巴里转了几圈，终究没有问出来。

游珠江这件事一点儿也不好玩，不管什么朋友来，我作陪的节目里，肯定有这一项。我也不知道为什么就答应了，似乎也理解了她为什么只找我——因为只有我不会拒绝她，不会当瘟疫一样躲她躲得远远的。

云姨弥补我昨天没吃上四星级餐厅的遗憾，订了另外一家餐厅请我吃饭，吃完以后我们去游珠江，是她掏钱买的票。

夜幕下的珠江，黑色的河面上泛着冰冷的光，云姨像孔雀一样打扮得花枝招展，可她的脸色看着不太好，大概是这两天到处玩所以疲愈了吧。

“云姨，您要在广州待几天？”

“一两个月吧。”她拘谨地回答，“小黄，你这段时间要是不忙的话，可以陪陪云姨吗？”

突然听她开口恳求我，诸如“我没时间”“阿姨我也有工作在身啊”“我又不是您的女儿……”这样的话飞快地在我的大脑里闪过，我莫名的想起了大嘴，她那张年轻的脸，其实很像云姨。

“好不好啊？”云姨伸出一只手轻拍我的手背，我别过脸，凝望着沉重的黑色的河流，终究还是点了点头。

我想着，也许这是最后一次见到云姨了，何必做得这么残忍。

其实我对任何一位老人，都不会像其他朋友对云姨那样，避之不及，又铁石心肠。

都是因为大嘴。

那是几年前的事情了，大嘴还是我把她拉进我们的圈子的，她长得漂亮，人又活泼热情，对朋友也够仗义，这样性格的人，其实不管在哪里都能混得很开。

然而她却错爱了一个男生。

我至今没见过那个男生，只知道他叫周兴，想不明白他怎么就把大嘴迷得死去活来，让她变得疯疯癫癫的。

周兴只是想要和她逢场作戏，她却轻易当了真。也对，二十岁的年纪，谁会想到一辈子那么长远，可我们的大嘴就是这样的人，她要么什么也不要，要么全身心投入，对朋友，对爱人，从来不容得别人抛弃她。

没多久，周兴喜欢上了别的女孩，跟大嘴提出分手，大嘴不肯答应。她一开始温柔地劝，希望他愿意回心转意，后来她看周兴心意已决，开始不受控制地做出各种疯狂的行为——她试过拿小刀一下一下划破手臂，还把过程录下来，发给周兴看；她试过跑到周兴的现任面前，揪她的头发，掐她的脸蛋，恐吓她离开他；她还试过把自己往死里灌醉，最后酒精中毒被送到医院，可周兴怕了她，始终没有来看她。

那段时间，我们几个人都被大嘴的各种疯狂行为吓得不轻，我们都要上班，只能轮流请假看着她，生怕她又做什么过火的行为。

有时候我也会想，如果当初我没有认识大嘴，我和朋友们的生活是不是不会这么鸡飞狗跳。

她变得无比可怕，仿佛不会再好。

不知道是谁提议，说送大嘴去看心理医生吧，我没同意，也没觉得她严重到需要入院接受治疗那样的地步。

我当时是怎么做的，我抱着瑟瑟发抖的大嘴，口口声声地对她说“我会保护你的”。

直到那一晚，轮到我负责照看大嘴，我因为和对象闹别扭晚了半小时才去的医院，当我赶到医院楼下时，远远地看到一圈人围在那里。

耳畔传来陌生人的声音：“天哪，刚刚有个女生从楼上跳下来了。”

大嘴离开以后，我就和当时的对象分了手，我无法继续工作，我现在已经很难记起来，我当时是怎么熬过来的了。

最开始的几天，我的心是麻木的，可随着时间慢慢往前推移，我渐渐察觉自己有些不对劲儿，我开始整天整天的悲伤，整夜整夜的掉眼泪，头发也掉了许多。

我知道我为什么会变成这样，因为在我的潜意识里，认为我才是害死大嘴的凶手。但我的朋友们都劝我不要想不开，大嘴的事情和我无关。

后来，云姨从老家坐几天的火车赶来广州，我对她说了谎，但朋友们都觉得我做得对，云姨什么也不懂，只是一个乡下老人，我们都是大嘴的朋友，她要是连我们也不信，还能信谁。

她唯一的女儿这样离开了，她还能信谁。

这几年，我真的没怎么想起大嘴，也以为这件事翻篇了，可是云姨找来，看到她我就会想起大嘴。当我一个人独处时，我又会变得惊慌失措，需要不停地洗冷水澡才能掩盖所谓的慌乱。

云姨恳求我，让我带她去大嘴生前经常去，或者去过的地方走一下就可以，她没有什么要求，对景点也完全不感兴趣。

我感觉心脏一紧，原来她这次千里迢迢过来，是为了感受大嘴生前的生活，可她到的第一天和那个小鲜肉的约会呢……我也没敢问出口。

大嘴生前住在流花湖公园附近，我带云姨去了那座公园，我记得大嘴喜欢在流花湖跑步，每天上班够累的，但她仍然坚持跑步，精力旺盛得可以。

我比不上她的体力，每次跟着她跑十分钟就累得直喘气，我仿佛还能看到她突然出现在我面前，不给面子地打击我："你真差劲儿！"

后来，我带云姨去状元坊，小时候总是人挤人的状元坊，不知从什么时候开始连老广州都很少会去，昔日人挤人的画面早就不复存在了。

大嘴那会儿工资不多，做销售客服，三千多块钱一个月，每次一发工资她都会拉上我到状元坊买物美价廉的衣服。

她砍价很厉害的，总能把卖东西的老板气得跳脚，但最后还是会卖给她。这里很多商铺的老板都认得她。

我想，如果她还在……就算她经济富裕了，她肯定还是死性不改，仍然眼睛不眨地砍价，图个开心。

“云姨，我也给您买一件衣服吧！”回过神来，我才发现手上拿着一件衣服，是大嘴喜欢的风格，为了掩饰尴尬，我只好仓皇地补了一句。

“这么漂亮的衣服，肯定很贵吧……”她话一出口，附近的人都用奇怪的眼神看着她。

不知道是不是触景伤情，我一直站在原地发呆，过了一会儿才发现云姨不见了，我一边打她的电话一边到处找她。我可以肯定，就算是我和我妈走丢，我都没有像这次那样紧张。

云姨是一个和这座现代化的一线城市格格不入的存在，她要是在这里发生什么事，我怎么和大嘴交代啊！

过往种种，如一幕幕小电影快速地在我的脑海里又播了一遍。这几年我们不再提起大嘴，可大嘴依然活在我的心中，我越是怀念以前笑容明亮的她，越是鄙视现在不敢想起她的自己。

一切都是我的错，我当初应该听别人的建议送她去看心理医生，我更应该准时赶去医院，这样她就不会……

大嘴是那么好的姑娘，她明明还可以遇到更好的男生，她肯定还会好起来的。是我，是我错手把她推向了深渊，让她长埋地下，不见天日。

来回跑了一圈又一圈，我最后在一个角落里发现了云姨，我怎么就没看到她呢，她其实一直坐在这里。

这一刻，云姨佝偻着背嘤嘤地哭着，一边哭一边拿手擦眼泪。

我不敢走过去。周遭都是神情淡漠的年轻男女，我也是这些人中的一个。

大嘴的妈妈，因为太想念大嘴，在她生前最爱逛的一条街上，像无助的小孩一样哭了起来。

大概觉得当日在街上哭泣的自己有点儿丢人，后来我和云姨再出去的时候，她都尽量克制自己的情绪。

我和她走过大嘴走过的每一条街，吃过大嘴喜欢吃的东西，越是靠近云姨离开的那一天，我越是想念大嘴。

被我努力尘封三年的关于大嘴的记忆，如雪花一般纷纷扬扬地飘来。我记得她喜欢吃的每一家店，江南西有一家炸豆腐花她特别喜欢吃，每一次都可以吃三碗，还会给我打包两碗；我记得她爱喝的饮料，她热衷各种各样的碳酸饮料，但后来知道我喜欢喝星巴克以后，特意办了一张卡，每次发工资都请我去喝，让我尽情地装；她也明明知道我不看好她和周兴，但她还是执意地爱着那个人。

“我坦白和你说吧，有一次我约了你去压马路，你那天放我鸽子，我就是那个晚上遇见他的……”

我仿佛忘了大嘴当年和我说这句话时，她眉飞色舞的样子，是我第一次见到，也是最后一次见到。

真的是我，把她推向深不见底的深渊的。

我很想问，大嘴，在你准备结束自己年轻的生命时，你到底有没有怪过我。你肯定怪我了吧？你一定怪我的！我知道……可我又是了解你的，你不舍得怪我，所以你只好把自己推下去。

是这样吗？

云姨要离开广州的那一天，还是坐的飞机，那天下了很久的雨，可奇怪的是航班并没有晚点。

送她进安检口前，有过一面之缘的小鲜肉不知道从哪里跑了出来。

这个男生很英俊，剃着板寸也英气逼人，是大嘴会喜欢的款……等等，我好像想到了什么，却又不敢把滚到嘴边的话说出来。

直到我听见云姨叫了他一声：“小兴，你回去吧，我要走了。”

周兴差点儿要当众跪下去，被云姨眼疾手快地拉了起来。

是他……果然是他，周兴，让大嘴做了一连串傻事的男生。

那一天的最后，我的记忆里只残留两个画面：第一个画面，是周兴不停地跟云姨道歉，恳求她能原谅自己；第二个画面，是云姨愁苦的脸上绽放出罕见的笑颜，我仿佛从她这个笑容里读懂了她这次来广州的目的。

她冲我挥手，让我往前看，不要再活在痛苦的回忆里。

“阿姨，我不痛苦……”这三年，我像普通人一样过着平淡的生活，我又怎么会痛苦呢。

可云姨有一颗通透的心，她一早就看出了我的假装和悲伤。

“我走了，你们多保重。”

那确实是我最后一次见到云姨，三个月后，我接到一通电话，是医院打来的，说云姨被胰腺癌夺走了生命，但她走之前很安详，应该没什么痛苦。

从医生断断续续的话里，我才知道云姨三年前就得了胰腺癌，最后这半年，她变卖了家里所有的东西，和医生请了假，说她还有一个心愿未了。

她早就知道大嘴是自杀的，没有人告诉她，她自己感应出来的。

“她其实很乐观，就算知道自己的日子不多了，但她总笑呵呵地说，这样也好，她可以下去陪早逝的女儿了……”

云姨从老家赶来，见了周兴，见了我，让我们不要负罪地活下去。

我想，我知道从今以后，要怎么做了。

云姨……一切都会好起来的，对吧？

要原谅一个带给你许多伤害的人，真的很痛苦，但更痛苦的是，你选择一直活在痛苦的仇恨中。

所以，遗忘别人带给你的伤害吧，如果不能往前看，至少不要困在原地。

为了那些爱你的人，请努力往前奔跑吧。

原 来 这 苦 也 有 甜

阿好一直记得自己刚怀上小孩的那段日子。

她那时二十四岁，在八十年代末来说，算晚婚也晚育。汉清听说她怀孕以后很开心，他已经三十岁了，做梦也想生一个男孩子。

他们俩都梦想第一胎是个男孩，可十个月以后，孩子是生下来了，护士却告诉阿好，生的是女儿。

小小的一团红，像一只毛茸茸的小仓鼠。

汉清从外面跑进来问："是不是儿子？是不是儿子？"

结果听说是女儿，脸上顿时写满失落。

"不是儿子……"

“女儿也好啊。”碍着有外人在场，刚刚生产完的阿好不得不安慰汉清。阿好觉得，汉清虽然比她大几岁，但他一点儿也不成熟。

汉清是十五岁从乡下来到广州打工的，他今年三十岁，也就是说，他出来工作有十五年了。

当初追求阿好的男生挺多的，汉清只是其中一个，严格说起来，汉清是所有男生中条件最差的那一个。

已经工作十五年的男人，没有一分钱存款，靠着借亲戚的钱才能操办婚礼。结婚当天晚上，阿好和汉清筋疲力尽，两人都来不及说点儿什么，汉清的 BP 机就响了，他要去楼下回电话。

阿好不放心，悄悄尾随他下楼，结果听到他的亲戚问他什么时候还钱，汉清底气不足地说：“表哥，下个月，下个月我一定还你……”

结婚的第一晚，阿好和汉清狠狠地吵了一架。当初和他谈恋爱的时候阿好就知道他穷，家里也穷，可不知道，是这么穷。阿好也就没细问，他也没提起过，现在看来，他是有心隐瞒的吧。

许多年后，阿好回想起当初选择汉清的原因，可能真的是看他长得帅吧。其他被她拒绝的男人，本来条件就不错，后来也都混得很好。阿好从其他人的口中听说这些时，心底不是没有划过一丝怅然。

女儿出生后，需要钱的地方更多了，汉清那份微薄的工资根本不够，他们住的房子很小，甚至没有钱买一张婴儿床，阿好每天晚上都要和汉清轮流抱着女儿睡觉。

当然，是女儿睡觉，他们俩几乎没合过眼睛。

汉清思考了好半天，最后他低声下气地问阿好，能不能让她回家跟她妈妈借点儿钱。

阿好一听，火气就上来了：“你还是不是男人啊？你怎么好意思让我回娘家问我妈要钱？”

“这不是女儿要用钱吗！”

“你难道不知道生孩子要花很多钱吗？”

“我怎么知道？我又没和别的女人生过！”

阿好不想和他吵架，别人不是说男人发育都比较缓慢吗，所以女孩子要找老公的话，就找一个比自己大五岁以上的，阿好是这么找了，但怎么找到一个比她自己还要幼稚的男人？

离婚？在那个年代，如果谈离婚的话，是会被周遭的朋友或者亲戚嘲笑的。

阿好不敢想“离婚”这个词，虽然汉清幼稚、不成熟，但他已经在自己的能力范围里尽量对她和女儿好了。

汉清想再要一个男孩，可是当时超生罚款是七万块，七万块对阿好和汉清是什么概念呢，大概，让他们俩继续打工十年才能凑得来这么多钱吧。

如果硬要生也是可以的，厚脸皮问别人借呗。

阿好拒绝再借钱，随着结婚的时间变长，阿好多次旁敲侧击后知道汉清这些年来一直欠着别人钱，他虽然出来工作很多年，但工资太低，每次有钱都给乡下老妈寄过去，从来没给自己留过钱。

等要结婚了，要生孩子了，他才开始慌张，他哪儿知道要花那么多钱，他要是在乡下结婚，可以一分钱也不花。

阿好听到他这个谬论，已经懒得和他吵了。

女儿出生后不久，阿好又开始上班，她在一家糖果厂做包装工人，每天只重复一个动作就可以了，不用动脑子，但是很累，因为糖厂有规定的工作量。晚上回家后，女儿饿得号啕大哭，汉清却连管都不管。

“你怎么不做饭？”阿好拿起一只鞋子，直接丢到汉清身上。

“我上班很累诶。”

“难道我上班不累吗？！”阿好终于忍不住发火了，“你赶紧给我买菜做饭，不然我就和你离婚！”

汉清一听“离婚”这两个字，吓得心脏快要停止了，他连忙跑下楼买菜。他平时也不怎么烧菜，但在阿好的恐吓下，他还是做了一顿饭。

汉清害怕阿好跟他离婚，其实他更怕的是，除了阿好以外，再也没有别的傻女人愿意嫁给他这种穷光蛋了吧。

饭菜做好，基本是熟的，味道？嗯，很难吃。阿好以前也吃过他做的菜，只能将就着吞下去。

孩子是我生的，没道理其他事情也要我来做吧？阿好是这么想的。她当时根本没察觉到：她一直埋怨汉清不成熟，但其实她自己也不成熟。

两个不成熟的人结合在一起，除了制造悲剧，还能发生什么奇迹。

从那以后，汉清不敢不听话，买菜做饭还有各种家务活，他都包了。

阿好也不再把“离婚”挂在嘴边，她想，这个男人，除了穷，对她还是很好的。

等到女儿要去幼儿园时，阿好和汉清又面临一笔巨大的开销。

那会儿，汉清的单位分了房子，虽然是分的，但还是要自己掏钱买，也不贵，二室二厅的房子，三万块就能买到，但是有一点不好——房子在还没开发的地区。

还好还好，阿好心里默默念着，起码比汉清的乡下要好很多。这里将来肯定会开发的，但汉清的乡下……大概等他们俩都老了，也不会有什么改动。

好不容易还清以前欠下的钱，他们为了买房，为了让女儿上幼儿园，又得向不同的亲戚借钱。

借钱可真遭罪，亲戚混得比他们俩都好，家里也有钱，要买什么东西眼睛都不用眨就买了，但面对来跟自己借钱的亲戚，总得说好一些讽刺、奚落的话，发泄舒坦了，才会把钱掏出来。

阿好最讨厌的事情就是借钱。

可人生啊，总是会出现各种各样的坎坷。

汉清的哥哥在乡下欠了赌债，张嘴就要汉清借他五千块钱。

阿好气得不行，说当然不能借，也不知道借了能不能还得上，可汉清到底没听，偷偷拿了五千块给自己的大哥。第二天一早，阿好没见到汉清人，还以为他已经走了，汉清的哥是走了，带着汉清辛苦攒下来的五千块钱走的。

阿好直接回娘家去，好几天没有回家。她后悔了，后悔嫁了这么一个男人，后悔跟他过了这些年，别人结婚以后的生活都是越过越舒坦，她倒好，越过越凄惨，一年到头忙死忙活的，赚来的钱都用来还债了，没有一分钱是自己的。

汉清抱着女儿来想阿好原谅，他信誓旦旦地保证一定会让他哥把钱给还上，他为了多赚点儿钱，晚上还接了私活，帮人修理车子，有时候修到半夜或者通宵，第二天还要装作没事去上班。

他一直不敢告诉阿好，现在都说了。阿好不是因为听了他这些屁话而动容的，而是因为看到了汉清怀抱里的女儿，她撇着嘴，眼泪在眼睛里打转，她知道爸爸和妈妈吵架了，想哭又不敢哭。

阿好看着很心疼。

当初他们俩都想要一个男孩子，但是，女孩子也很好啊。都是自己的孩子，男孩或者女孩真的没多大关系。

之后的许多年，阿好和汉清的生活依然没有多大起色，他们都做着底层的工作，在这座一线城市中艰难又麻木地活着。

女儿渐渐长大，在他们俩的疼爱下，也算是没吃过什么苦。

终于，阿好等到了女儿考大学，可他们一直以为成绩不错的女儿，竟然考上了一所私立学校。

私立学校，一年学费一万多，汉清说："让她读，我们俩再辛苦几年，供她读完大学。"

于是，阿好又不得不像以前那样，亲自去亲戚家里，低声下气地问他们借钱。

"女儿要念大学，四年下来要十万块……"

某个亲戚可怜她，多少年前，年轻的阿好来借钱，多少年后，变老的阿好又来借钱。这么多年过去了，他们怎么一直都存不到什么钱。

都是造的什么孽啊。

他们都没想到，他们的女儿长大了，为了不步父母的后路，提出要去创业。

阿好真的快发疯了，她和汉清好不容易把女儿读大学的学费还完，现在倒好了，怎么又要借钱？

而这次开口问他们借钱的，是亲女儿啊。

女儿到底也是有点儿愧疚的，她也知道自己的爸妈不容易。别的爸妈轻轻松松可以拿出十几万给子女打本做生意，她的爸妈不可以；

别的爸妈可以带着自己的子女坐飞机去世界各地看看，她的爸妈也不可以；她的爸妈能做什么呢，大概只能默默地做一份不赚钱的工作，不懂理财不懂投资，也不会出去旅行，每天下班回家看会儿电视就睡觉……日复一日，年复一年，没有尽头。

只是她有时候会想，为什么她的爸妈不可以？为什么她要做他们的女儿？为什么偏偏是她？

悲哀的是，女儿的创业没有成功。

阿好和汉清曾经设想过的，女儿创业成功后的各种画面，统统都成了泡影。

他们的女儿，明明说过不能步两老的后尘，结果还是和他们一样，不停地借钱，不停地还钱。女儿心里开始充满怨恨，她每个月定时给阿好和汉清还完钱后，就不会再和他们说什么话了，更不愿意回家。

直到那一年，阿好的视力开始下降，看什么东西都很模糊，汉清本来也不想带她去医院看的，但她说很不舒服，最后还是请了一天假带她去看病。

结果医生说阿好的情况很不乐观，需要立刻住院。

当时的情况是，如果再晚几天去医院，阿好很可能会中风昏迷，到时候后果不堪设想。

阿好听说自己差点儿中风，吓得话都说不上来，她不敢告诉任何人，包括自己的女儿。

汉清愁眉苦脸的，他差点儿因为自己的问题连累阿好，他一直紧紧抓着她的手，这个沉默寡言的男人，眼睛慢慢变红了。

“打电话给女儿，让她回来看你吧。”汉清这么说。

“不要打，免得打扰她上班。”

阿好看着外面的天空，唇边溢出一丝苦笑："人老了，会越来越没用，对吧？"

几天以后，汉清还是打了电话，女儿一听这件事，连忙从外地赶回来，刚下车就打车来到医院。

阿好当时在午休，她和病房的其他人都聊不来，平时也是一个人默默地散步、走路，然后侧着身子打个盹。

医院的环境很嘈杂，她根本睡不好，她渴望健康，渴望出院，但不知道要这样到什么时候。

女儿每天都来医院看阿好。

阿好表面上说"会不会影响你工作"，但内心还是欢喜的。她病过一场，好像退化成了小孩，话变得多了，总是在女儿面前说起她小时候的事情，说起年轻时候的汉清。

她极少提起自己。

她说："当年我选你爸的时候，真不知道他这么穷，我要是知道他这么穷，到现在也没什么出息，我肯定不选他了。你爸这人胆子也小，很多事情他都不敢做，以前明明有一份更好的工作，他怕累，宁愿去亲戚那边开车，到头来干了这么多年还只是一个临时工。他也知道一直亏欠我，亏欠你，我也知道你一直怪我和你爸。如果我或者你爸有多点能力，可以多帮帮你，你也不用那么辛苦。"

说到后来，其实阿好都不记得自己说过什么了，她有时候会重复自己说过的话，有时候又会傻傻地笑一下。

有那么一瞬间，女儿的脑海里浮现了很多他们年轻时候的画面，事实是，她到底没有真切地经历过，只能从妈妈的只言片语中感知这些。

年轻的阿好和汉清沿着海边走了一圈又一圈，他趁阿好没发现时偷偷在路边摘了一朵小野花，然后在情到浓时把花送给阿好，逗得阿好开怀大笑；阿好和汉清结婚那天，阿好穿上婚纱，站在镜子前照了又照，穿着礼服的汉清偷偷转过身看着钱包里剩下的现金，眉头紧锁，可再转过身又是一脸幸福的笑容，因为他看到他心爱的女人终于要嫁给他了；生了女儿后出院的那天，汉清抱着女儿和阿好到花园酒店散步，汉清刚好借了别人的相机，他看机会难得，索性央求路人帮忙给他们三人拍一张合照，后来照片洗出来模模糊糊的，照片上那对年轻的父母不曾想过往后的人生会怎么样，但至少那一刻，他们是快乐的。

我为什么会知道这些呢？因为我就是照片上的小孩，阿好是我母亲。

阿好的眼睛闪着光，她似乎有点儿累了，眼皮一直往下沉。我没有打扰她，只是握着她的手静静地陪着她，听她说话。

她是真的老了，身体上的老人斑开始多了起来，眼角的皱纹很明显，鬓角的白发也越发清晰了起来。我一阵心酸，轻柔地拍着她的手，让她慢慢说，把想说的都说了。

说累了，她跟我说要休息，还说一定会睡得很香，然后让我回家休息一下，今晚我爸会去医院陪她，让我不用再来。

我没有走远，在楼下走了一圈，又回到了病房。

阿好依然缩着身子半侧着睡觉，我慢慢地走近她的病床，看见她眼角挂着一滴眼泪，可她的唇边却静静地绽放着一个微笑。

我想，等她康复出院，我要带她和我爸出去旅游，去哪里都行。

一家人，齐齐整整地在一起，做什么，都是快乐的。

你们认为的“好”，不一定是真的“好”

我的表姐乔思，比我大三岁，长得漂亮端庄，学习成绩也好，本科读的南方医科大，大学还没毕业就去广州珠江医院实习了，实习结束后飞去美国做医疗器材销售，每个月保守估计能赚人民币十万块钱，她在几年前顺利拿到绿卡，是可以一辈子留在美国定居的人。

作为这么一个优秀的人的表妹，我从小到大都是在表姐耀眼的光环下长大的，如果把她比喻成一道刺眼夺目的光，那我就是一抹诡秘的阴影。

我知道我爸妈更愿意养一个像我表姐那么优秀的女儿，而不是像我这样，总让他们唉声叹气。

其实说实话，我一直看不惯乔思，我不仅嫉妒她，而且讨厌她。

我记得最深刻的是，我小时候总是没有新衣服穿，只能穿乔思的旧衣服，旧衣服有些不合身，有一些甚至破了小洞，但不管我怎么哭闹，最后都只能穿她的衣服。

那时候，乔思总会冷冰冰地看着我，她对我的哭喊和埋怨无动于衷，冷漠得像看路边的乞丐一样。

是的，我当时年纪还小，却有这样的感觉。

虽然她是我的表姐，可我和她这么多年来都不太亲密，我一直觉得她是一个不近人情的人。

两年前的一个冬天，乔思她爸，也就是我的姨丈，去医院体检时被发现患上了鼻咽癌。谁都不知道为什么一个从不抽烟、也从不喝酒的男人会患上这种病。后来我姨丈又去了更大的医院，医生又帮他做了一次全面的身体检查，结果还是一样。

刚开始姨丈和姨妈把这件事情瞒了下来，没让任何人知道。两个月以后，我妈去姨妈家做客时发现姨丈的身体有些不对劲儿，在她的仔细询问下，姨妈苦苦撑了许久的假面轰然碎裂，她一五一十地把姨丈的病情说了出来。

就算我消息再闭塞，也知道了姨丈生病的事情。我也不知怎么想的，下意识地点开乔思的微信对话框，在上面输入几个字：表姐，姨丈生病了，你赶紧回国。

乔思并没有回来，据说姨妈打长途电话给她，好说歹说才把事情骗过去。乔思当然选择相信她妈妈，而不是我这个多年来都不亲近的表妹。

在我记忆中，一年到头乔思也不会回家一趟，她过年的时候鲜少和一家人在一起吃团圆饭。

她要上班，不容易请假，反而是姨丈和姨妈一有空就飞去美国看她、照顾她，每天做饭烧菜，把她当小孩子来照顾。

两位老人忘了，乔思她不是小孩子了，她也快三十岁了。

乔思工作忙，总是去临城出差，很少待在租住的公寓里。听我妈说，姨丈和姨妈总是辛辛苦苦地准备一桌子无比丰盛的饭菜，结果大多数时候乔思都打电话回来说她临时接到通知要出差，不回去吃饭了。

我有时候会想，她在国外赚的钱再多又有什么用，连和自己家人一起吃一顿饭的时间都没有。后来，我也总是离家在外，鲜少回家看我爸妈。

我慢慢也能理解她了。我们想要对最亲的人好一点儿、再好一点儿，然而不管怎么做，却总有一种看不见也摸不着的距离，导致我们力不从心。

半年后，乔思回国参加一个男生的结婚喜宴，这个男生和乔思的关系应该非同寻常，否则她不会为了吃一顿喜宴而不远万里地飞回来。

她这次在国内待了三天，可是她没有回家。

姨妈一开始还担心乔思回家会看出什么端倪，毕竟乔思的工作和医学沾了一点儿边，虽然是风马牛不相及的两种职业。

乔思忙着吃喜酒，和同学聚会，自然没有时间回家看年迈的父母，三天后她又飞回美国，临走前她只和姨妈通过一次电话，不咸不淡地说了几句话，就把电话挂了。

她竟然真的相信姨丈的身体没事，也不回家确认一下，回一趟家根本不会占用她多长时间。

她不知道，姨丈的手术定在四天以后。幸运的是，姨丈的手术很成功，主治医生说未来几年复发的概率很低。

乔思最后才知道姨丈生病并且做过手术的事情，是姨妈事后对她说的，用云淡风轻的口吻。乔思那会儿在美国忙得焦头烂额，知道之后她和姨妈大吵了一架。

“为什么爸爸生病的事情不告诉我？”

“你们怎么能这样啊？你们有没有关心我的感受？你们有没有把我当成你们的女儿？”

“我的天！我真的不想和你们说话了！”

姨妈不告诉她姨丈生病这件事情，不论怎么看都是在为她着想。他们不愿意乔思放弃大好的前程回国照看姨丈，而且，他们也觉得这次手术肯定会成功的。所以他们以为等手术结束后再和乔思说，问题也不大。

乔思后来回来了，但就是不肯回家住，坚持要住酒店。所有人都看得出来她是因为姨丈的病才回来的，但她就是不肯低头，没有人知道原因。

最后我妈没办法了，不知怎么就看中了我，派我上场去劝乔思，毕竟除了两个年纪大的表哥，我似乎更能和表姐谈一块儿去。

“我不去。”说实话，我真不想见到她。

“叫你去，你就去！”我妈看我态度这么差，冲我发火。

“家家有本难念的经”这句话果然很有道理。

无奈之下，我只得约乔思到我家附近的 COSTA 见面。

她很守时，一身典型的海归 LOOK，大晚上的脸上还戴着墨镜，进咖啡馆时带起一阵风，所有人都齐刷刷地转过头去看她。

长这么大我是第一次和她单独吃东西，其实说起来还是很尴尬的，明明我们两个是有着血缘关系的人。

“看来你是被你妈逼来的。”她一眼就看穿了我脸上的表情。

“那看来你也一样，是被逼来的。”

“嗯……”

不知道是不是那一晚的咖啡味道好，乔思像是喝醉了一样，主动和我说了很多我不知道的事情。

我的表姐乔思从小到大都渴望成为一名医生，她没有那么崇高的济世为怀的理想，但有着最起码的救人治病的决心。

姨丈和姨妈是白手起家的，做消防器材，后来赚了一大笔钱，在地段不错的地方买了几套房子，所以自打小学毕业以后乔思就没过过苦日子，一直都过得顺风顺水的，成绩好，人漂亮，男孩女孩都喜欢和她做朋友。

直到高考的那一年，她的化学成绩不好，没能如愿达到中山医科大学的分数线。她最后进了南方医科大学，又被调剂到护理专业，虽然也是和医学沾边，可她知道，她的梦想根本不是当护士。

头两年，她每天都在背书，经常在实验室里通宵写论文，想争取在大三的时候转系读心爱的医学，没有人知道她付出了多少常人想象不到的努力，她爸妈也不知道，她每次回家，就只听到父母说：“你不用那么辛苦，等你上了大三，我们就送你出国。”

多少人都渴望自己的爸妈能说出这样的话，可乔思一点兴趣都没有，她不愿意出国，她觉得留在国内发展也很好。

然而到了大三，她申请转系的事情被教授驳回，原因竟然是姨妈跑到教授面前，添油加醋地说了一些话，让教授以为乔思根本没有转系的心思，自然把这个名额留给其他有需要的同学了。

乔思当时气得要疯掉了，她回家找爸妈理论，而她的爸妈，一直说她将来去了国外，前景会如何如何好，还说他们俩最大的心愿就是把她送出国，让她先在国外扎根，过几年他们也会一起过去，从此以后一家三口幸福美满地生活在一起。

那时候乔思觉得，是她爸妈想在国外养老，根本没问过她愿不愿意，直接擅作主张就决定了这件事。

而事实上，乔思出国以后的很长一段时间都过得很不开心。到了国外，她等于亲自抛弃了那些认识了二十年的朋友。没有人在身边陪着，乔思的生活变得单调乏味，只能埋头工作，可赚再多的钱，也没有用得着的地方。

后来她也不敢回家了，不是因为机票钱贵，而是她不想见到她爸妈，因为她觉得，这一切都是她爸妈害的。

也是，一个月保守估计能赚十万块人民币的白领，怎么会嫌一张几千块钱的机票贵，只是大家从没想过，乔思是为了逃避自己的家人。

还有，每次姨丈和姨妈去美国看她，她也未必是真的出差，说是“出差”，其实有好几次是想躲着他们。

乔思当然也知道爸妈是爱她的，不会害她，可是他们对她的“好”，以及他们给她的东西，并不是她想要的。

“如果我当初没有被我爸妈送出国，可能那天站在他身边的新娘子，会是我。”乔思说这话的时候，声音哽咽，我才明白她为什么大晚上的还要戴墨镜。我和她虽然是表姐妹，但关系很生疏，她不愿意被我看到自己的狼狈。

想来，她口中的那个“他”，就是那个能让她专门回国吃结婚喜宴的男生吧。然而，那个“他”早已是别人的男主角，再与她无关。

其实这些年，我心里一直怨恨我爸妈，为什么他们不能像别的爸妈那样有成就，赚很多钱，给我更好的生活。

他们俩都是底层的工人，老实巴交、不会变通，每个月只领着微薄的薪水，只够在这座大城市里勉强度日，更别说旅游消费，我是十八岁以后才开始去旅行的。

小时候我都是穿表姐不穿的衣服，玩她玩剩下的玩具，我多次向爸妈哭诉我不要用表姐的东西，可是爸妈没有理过我。

再大一点儿，我总是听爸妈说表姐怎么好、怎么厉害，而我被衬托得一文不值。

但现在看来，我比乔思幸运，最起码，我可以自己掌控自己的人生，我可以为我的冲动埋单，我这些年来选择的路，不一定都是正确的，也让我爸妈觉得很头疼，但他们还是放手让我去做了。

“其实我小时候也不喜欢你。”乔思临走前，不忘告诉我这件事，“我不喜欢你，不喜欢你爸妈，觉得你们一家很市侩，从来不舍得花钱买什么，总是到处借钱，又一次次厚着脸皮用我们家用过的东西。可长大以后，我忽然懂得了你爸妈的良苦用心，不过是想多省几块钱，供你读好一点儿的学校，给你准备丰厚一点嫁妆。”

她话说得圆满，但她怎么就不能理解自己的父母呢。我想，我和她一样，只敢说别人的家事，却无法处理自己的家事。

我的爸妈没有姨丈和姨妈那么高的文化水平，但他们知道一点——要想让自己的孩子得到真正的快乐，那就需要放手让TA去做TA认为对的事情，而不是把自己的意愿强加到TA的身上，让TA以为这就是好的。

我和乔思谈完话没多久，她就飞回美国了。

我妈问我当天和她谈得怎么样，我看着她半边花白的头发，想起乔思对我说的话，没回答她，只是拉着她的手，摇摇头。

乔思回美国以后，我发现她发朋友圈比以前勤了。

这有一点儿不正常，我看过我妈的手机后，才明白过来。她对我设置了分组，但因为那天我们谈过一次话，她又把我从分组里拉了出来。

我发现这个小秘密后，心里有一点儿开心。

又一年冬天，广州竟然下起了冰雹，我主动找乔思说了这件事，她说她明年过年想回来吃饭。

那天以后，我每天都会和她说上两句话，她有空没空也会找我，我们俩的关系亲近了许多。

我当时不知道的是，乔思正处于她人生中最寒冷的冬天。

她在美国谈了一个男朋友，那个人不知道用什么手段骗光了她积攒下来的积蓄，而且还害她丢了那份销售医疗器械的工作。

乔思生了一场大病，还被房东赶了出来。

好几天联系不上她，我总感觉她出事了，想了想决定还是要和姨妈说下。姨妈也联系不上乔思，她太担心了，立刻和姨丈买了机票连夜飞去美国。

我们都是后来才知道这件事的。

乔思病了几天，在朋友家借住，根本不知道她的爸妈正在满世界地找她。

姨妈姨丈这两位成功的商人，在自己的女儿面前，一下子变成了两位无助的老人。

乔思的电话打不通，两个老人也不知道她到底发生了什么事，越是心急越是找不到人。

他们的英语也不好，连问人都不知道怎么问。

姨丈和姨妈一直不眠不休地找乔思。

乔思退烧以后才知道姨丈和姨妈去了美国，她吓了一跳，赶紧开车去找他们。一对老人，一个女儿，他们在同一座城市里互相找着彼此。

我想，乔思当时一定很愧疚，就算我们嘴巴上说着父母如何如何不好，可说到底，父母是这个世界上最爱我们的人。

乔思忽然想起一件事，二十年前，她曾故意藏起来，让姨丈和姨妈找她。找到她以后，两个大人曾气得要打她。

而二十年以后，是她在找他们。当她赶到一身风雪、两只眼睛充满血丝的两个老人身边时，她像个小孩子一样号啕大哭了起来。

所谓的怨怼和憎恨，在顷刻之间烟消云散。

几个月后，乔思收拾好所有东西离开美国，放弃人人眼中羡慕不已的生活，回到广州，打算再也不离开了。

她的朋友或者同学都不理解她这样的做法，而我是理解她的。

真奇怪，现在竟然变成是我最理解她。我和她，明明是不熟悉的亲戚啊……

你说，奇不奇怪？

c h a p t e r

04

我有一首歌，想要唱给你听

只要付出了努力，都会有回报的。

不要急，那一天总会来。

别让自己遗落在孤单星球上

梨子的二十五岁生日，是在火车上度过的。

她买的硬卧票，不知怎的，一晚上都没睡着，可能是对面中铺的中年大叔发出的鼾声太震撼，她两只耳朵都塞了耳机也依然无济于事。

梨子摸黑爬下床，蹑手蹑脚地穿好鞋子，摇摇晃晃地走向过道缝隙处。她掏出手机一看，时间是二十三点五十五分，不知道待会儿会不会有人给她发来生日祝福。

她靠在窗户边，眯着眼等着时间一分一秒地溜走，可一直到十二点三十分，她的手机仍然静悄悄的。

果然，没有人想起她的生日。

“生日快乐。”她有点儿难过，自言自语道。

距离大学毕业已经整整三年，这也是她考公务员的第三年。她至今仍说不明白，大学时候成绩还算优秀的她，为什么总是考不上公务员。

第一年没考上的时候，她可以理所当然地认为是发挥失常，于是又花了一年的时间备考和复习；第二年没考上，她觉得是身体原因，因为考试那一天，她正在感冒发烧。

这一次，是她第三次参加公务员考试，如果女人的第六感真的有那么准的话，直觉告诉梨子，她这一次一定可以考上。

大学毕业后，梨子和几个大学好友共同建了一个群组，虽然后来她们几人各奔东西，很少能再碰面，可是这个群组一直顽强地存在着。

通常，都是别人说话比较多，梨子就默默地看着她们聊天，聊天的内容其实都很无聊。

例如——

A：领导变态，临下班十分钟前竟然丢给我一堆资料，说今晚加班也要做完它！

B：我都已经请好假准备去日本玩，结果我男朋友却请不了假，气死我了！

C：各位，我又要准备当伴娘了，哎呀，我都当了三次伴娘，再当下去我要嫁不出去了……

看吧，她们的聊天话题真的有够无聊的，可梨子有时候会看得津津有味，她平时最多也只是发一两个表情，表示自己有看到她们的聊天内容。

她的几个同学都知道她一直在备考，也不勉强她参与她们的话题。明明是四个人的群组，就只有另外三个人在叽叽喳喳地聊天。

几天后，梨子跟其他考生一样，慢吞吞地从考场走了出来。她抬起头看着外面阴沉沉的天空，重重地吐出一口气。

她觉得，这一次一定可以考得上的。

三年的时间，她的同学工作的工作，升职的升职，班上有一半同学已经结婚生子。除此之外，她的同学也会出去旅行，看演唱会，做一些她羡慕的事情。

好像只有梨子一个人，分不清白天或者黑夜，依然孜孜不倦地备考和复习。是从什么时候开始，她感觉自己变成了一个只会做题的机器人，一门心思扑在考公务员这个人生选项里，根本想不到，其实人生还有更多的选项。

她拿出手机看信息，群组忽然弹出一条新的消息——

A：梨子，你的生日好像过了吧？不好意思，最近都忙晕了，生日快乐啊！

怕梨子会错过这条信息，A 同学还特意在后面 @ 了梨子的微信名。

梨子本来以为她们都忘了自己的生日，毕竟这几年来，她的生活除了无休止的备考，好像真的没有发生别的能说得上来的有趣的事情。更何况，不管群组里在聊什么话题，她都插不上嘴，永远只会回复一两个表情，仿佛只是在简单地向她们证明，她还活着，但对她们说的事情没有参与讨论的欲望。

“谢谢。”她想了很多，却只是轻轻敲下两个字，后面附送一个微笑脸。

“你这次考试怎么样？”A 看她难得回复，乘胜追击多问一句。

“还好，应该能过。”

话题戛然而止，A 当时可能在忙，忘了继续回复，梨子的目光胶在手机屏幕上，没有等到 A 或者其他人的回复，她也不好意思说更多的话。

事与愿违，梨子仍然没有考上公务员。

她这次找不到任何有力的理由来充当自己考不上的原因。她把自己关在房间里想了几天，考试时遇到的题目，她大部分在备考时都看到过，可为什么就是考不上呢！

也许，是考试那天，天气不好，影响她正常发挥吧。

后来的很长一段时间，梨子都害怕大学的群组里弹出新消息，她害怕同学会问她考得怎么样。庆幸的是群组里弹出的消息，统统都与她无关。

梨子躺在床上捧着手机翻来覆去地看着她们的对话，看着看着，心中莫名的燃起一团火。

她也不知道自己是怎么了，为什么会莫名其妙地生气。

A：这几天总是陪领导参加饭局，吃山珍海味都吃吐了，今天回家迫不及待开火做饭，做点儿清淡的菜，吃起来才开心啊。

梨子心想：有本事当着你领导的面说你不想吃山珍海味啊！

B：哎，我新买的正版包包在路上不小心被人刮花了，我要肉疼死了，这只包包花了我两个月的工资买的！

梨子心想：我还真没见过有人花两个月的工资买一只包包的，活该你的包包被人刮花！你太败家了！

C：姐妹们，告诉你们一个好消息：我终于脱单了！恭喜我吧！我给你们看看我和男朋友的合照……

梨子心想：哦，还以为找的是什么高富帅，原来是一个胖子，真不知道这有什么好炫耀的。

忽然，群组里安静下来，没有人敢再多说一句。

梨子想，怎么了，你们三个怎么不说话了？她仔细一看，才发现她刚刚把藏在心里的话，竟然都一股脑地打出来，发送到了这个群组里面去。

梨子吓得不轻，手一抖，把群组的一切对话记录删除，以为这样就能删除她刚刚敲下去然后发过去的话。

十分钟以后，A 直接私聊她。

“梨子，你是怎么回事？你没考上公务员就没考上，你冲我们发什么火？”

“你们都知道了？”梨子不知道她们怎么会知道。

“我们知道，可我们从来都不戳你的痛处。”梨子脑袋一片空白，无法思考 A 的话，也不知道她当时的表情是什么样子，“你以为我们上班都那么闲，总是在这个群组里聊天？我们是碍着你的关系，想让你多和我们说说话。我们也不介意你总是沉默或者发表情敷衍我们，我们怕你压力太大……”

A 大概也隐忍了几年时间，这一次一下子爆发了，机关枪一样连续发来大段大段的文字。

梨子的眼睛渐渐变得模糊，仿佛看不懂 A 发来的话，时间一分一秒地过去，她始终没有回复一个字过去。

在同学的眼中，梨子是那种沉默寡言的女孩，心里藏着许多想法，但就是不肯开口告诉别人她心里在想什么。

她害怕接触人群，也害怕面对职场，所以毕业以后就准备考公务员，起码不用像其他人那样去面试然后上班。

三年过去了，她似乎没有任何长进，还是活在自己的世界里，也不爱与人交谈，不愿分享自己的喜怒哀乐。

她的同学都担心她，但她们又不在同一座城市，根本不知道怎么帮助她。

“那你告诉我，我该怎么做……”

隔了半天，梨子颤抖着敲下这几个字，问 A。

“去找一份工作，去试着融入集体生活，去过一般人都要过的正常生活，你会好起来的，梨子。”A 秒回她。

原来在这个世界上，并不是只有自己一个人的。她的身边还是有在默默关心她的人的。这些人可能很普通平凡，没有特别大的本事，遇到事情会抱怨，但在她需要动力的时候，他们会立刻出现，给予她最大的帮助和力量。

梨子终于想通了，她一直以来都被人关心着，她并不是一无所有的人，她更不应该把自己因为考公务员失败而积压的怒气都发泄在她们身上。

考不上就考不上，没有人会笑话她，是她把这件事情看得太重要而已。

要想得到别人的关心，她也要学会主动关心别人才行。在这个世界上，没有人理所应当要对你好，没有人有这样的义务。

最后,她颤抖着打开微信框,找出大学同学的群组,发了很多句“对不起”上去。

上班第三个月，梨子下班的时候看到群组弹出新的消息——

A：梨子，你下班没有？我们三个来了，你发个地址过来，我们一起打车去找你。

梨子立刻分享了自己位置过去，发送完，她看了一眼日历，才记起自己竟然上了三个月的班，这是一件多么不可思议的事。

虽然还是各种不习惯、不适应，除了询问同事关于工作的事情，她仍然沉默地做事、敲键盘，但起码，她把过去那个只会复习、做题，一点儿也不合群的梨子留在了昨天。

还有，梨子每天都会在聊天组里分享同学所在城市的天气，提醒她们下雨带伞，或者降温保暖。

她也学会在这个聊天组里分享自己的所见所闻，例如早上上班的路上看到一只麻雀，例如她买的豆浆不小心被人撞翻了……都是一些芝麻一样的小事，可她的大学同学都不介意，会沿着她开起的头，热火朝天地说下去。

她慢慢地学会关心别人，也学会打开心扉，接纳这个世界上的一切，好的或者不好的。

梨子心想，待会儿她们几个来了，她要主动走过去抱一抱她们。

她想告诉她们：嘿，同学们，我……有点儿想你们了。

谢谢你们，是你们让我知道，我在这个世界上并不孤单。

当 时 的 月 亮

这一天是周一，仿佛和以往无数个平淡无奇的周一并没什么不同。

马莉照常九点准时起床，因为公司的上班时间是十点。简单洗漱完后，她会在九点二十分准时出门，然后骑共享单车到地铁口，再坐二十五分钟的地铁到公司，打卡、上班，投入一天忙碌的工作。

但今天显然是不一样的。

她刚到公司，就感觉所有人都怪怪的，比她晚一年入职的小舞把她拉到一边去，茶水间没有任何人，她小声地对马莉说："你听说了吗？今天公司会来二十个新人。"

"二十个？"马莉冲咖啡的手抖了抖，咖啡杯差点儿要从手心滑开。

“对对对。”小舞一脸惆怅的样子，“还以为下一周的晋升大会上，老总会给你升职呢。”

两人的对话突兀地中止，因为说曹操，曹操就来了。老总突然出现，招招手让小舞先出去，然后对马莉说，公司今天来了二十个新人，让她帮忙带七八个。交代完后他强调了两遍：“马莉，你算是公司的老员工了，帮忙带一下年轻的后辈，让他们上手工作就好，任务量一点儿也不重。”

马莉没说话，默默地跟着老总走出茶水间，一溜儿年轻水嫩的男生女生分开两排站，场面堪称壮观。

马莉从前不是没有带过新员工，可从没试过一下子带这么多人。

不过是半天时间，这些水嫩又没有任何经验的95后就把马莉折磨得快要疯掉，任何她看着很简单、易上手的活儿，到了他们的手上，纷纷变成烫手山芋。他们根本不知道怎么做，都带着一脸问号，马莉只好反复地手把手地教。

过完一天，95后一起准时下班，笑眯眯地对马莉说再见，殊不知马莉一天净顾着教新人，自己的活儿一点儿也没干。

她很久没试过加班到凌晨了，走出公司的瞬间，巨大的困意袭来，她下意识地缩了缩脖子，想起四年前刚来公司的那段时光。

四年前，马莉只有二十二岁。她老家是农村的，高考时就想考北京的学校，结果没考上，四年后她还是义无反顾地拖着行李来到了这座梦寐以求的大都市。

那时候的她，穿着老土过时，鼻梁上架着一副瓶盖那么厚的眼镜，看人的时候还有些自卑、羞涩。

她一共面试了七八份工作，最后收到这家青春读物杂志社的面试通知时，她感觉像在做梦。她读的是理工科，和文学一点儿也不沾边，但人家给她发来面试通知，她咬咬牙还是去了。

没想到，马莉会被 HR 录用，误打误撞地成了一名杂志社编辑。

她刚去这家公司上班的时候，没有前辈带，她又不好意思总是问别的同事，一切工作全凭自己一点一点摸索，最后才慢慢弄明白。

她在做这一行之前，是有看过很多杂志和小说，可自己从没试过写作，不像别的会写小说的同事那样掌握不少的作者资源，她只能通过各种各样的渠道去挖作者，一个个去问作者们有没有跟他们家别的编辑，没有的话可以给她投稿。

有时候她发出去成百上千条信息，可愿意给她回复的寥寥无几。而那些回复了的大多是已经跟了编辑的。每每遇到这种情况，她都会礼貌地说："没关系，打扰了，请继续支持我们家杂志哦。"

当然，要是遇到可塑性还不错的新人作者，马莉比谁都要兴奋，像是捡到宝一样。她自己虽然也是新人，但她有信心可以带出几个有潜力的作者来。就算已经过了下班时间，只要是逮到作者有空，她都会在网上拉着作者一起讨论情节和故事走向，有时候讨论得太忘我了，根本忘记了时间已经很晚。

渐渐地，她在这份工作中找到了自我存在的意义。

她时常会在一个人加班到凌晨两三点时，看公司窗外的天空。凌晨两三点时，北京的天空黑漆漆一片，其实什么也看不到，但她就是觉得很不可思议。

有时候杂志赶着出片，她还会和其他同事一起加班到清晨五六点，回家睡两小时，又会被电话吵醒，变故总是很多。一本看着很普通的杂志，可是要经过很多道工序才能以最完美的姿态出现在读者面前。

马莉偶尔也会觉得很累，可每当收到来自世界各地的读者的来信时，马莉又会觉得很有成就感。

一个从农村来的姑娘，为了一份看上去平凡无奇的工作，竟然可以努力到这种程度，这也算是一件很伟大的事情吧？

那时候马莉的工资不多，从公司出来后也不舍得叫出租车，便一步一步走回住的地方。虽然住得不远，但步行也要走四十五分钟，她在心里给自己打气，说当是运动减肥了。

那时候啊，北京对她来说还是一个无比神圣的地方，她没有时间去游玩，但还是很喜欢这座大城市。

印象最深刻的一次，是她忙了一段时间后病倒了，最开始只是发烧到三十八度五，她也没当一回事，以为捂着被子睡一觉就好。第二天醒来，烧到三十九度，她的头疼得厉害，强撑着下楼买了退烧药，吃完药就去上班了。

就这样带病上班三四天，没有人发现她在生病，工作也忙，她根本无暇顾及自己还发着烧。

又过了两天，她睡到半夜突然醒来，发现自己整个人像火山一样滚烫，她拿起体温计测了一下体温，竟然已经烧到四十度了。

从来都怕麻烦别人的马莉破天荒地敲了室友的门，室友看她烧得这么厉害，连忙叫了一辆车送她去医院，哪儿想到半夜急诊坐诊的只有一个实习的小男生，他推推眼镜对马莉说，你只是发烧而已，开点药回去吃就好了。

又过了一天，马莉发现自己开始喘不上气来，她是真的怕了，这才请了假，去另外一家医院看病。

医生一看到她就知道是怎么一回事了，无比生气地冲她嚷嚷：“你是怎么回事？怎么拖到现在才来看？你赶紧去拍片子，看看你的肺长什么样了！”

片子一出来，马莉看到自己的肺部就像重灾区一样，被一大团阴影笼罩着，看不出原本的样子。

本来只是普通的发烧，因为她一直拖着，引发了肺炎，肺部长满许许多多触目惊心的小水泡，她喘不过气来就是因为这些小水泡。

马莉竟然还有心情跟医生开玩笑：“医生，我看不懂片子。”

“你赶紧办理住院吧。”医生又严厉地说。

“要住多久？”她想，住一两天应该能出院了吧。

“你这么严重，少说也要住半个月以上。”

从小到大，马莉没生过大病，更没试过住院。她不敢跟家里人说，请假的时候也十分小心，生怕领导直接把她开除……这个时候，她发现自己在偌大的北京城里竟然没有一个比较要好的朋友，她不敢让任何人来陪床，怕打扰到人家。

医院没有多余的床位，她和两个身体很糟糕的老奶奶住在同一间病房。

那时候，马莉第一次看到真实的呼吸机，也第一次看到老人苟延残喘的样子。最让她意想不到的是，她刚住进来的那晚，老奶奶 A 忽然病危被送进急救室，清晨的时候才被送回来，隔两天的深夜，老奶奶 B 又差点儿因为呼吸困难而一命呜呼……

她住院的那一个多月里，时时刻刻都在为同病房的两个老人担心，没有一天晚上是睡得好的，整个人从一百多斤暴瘦到八十多斤。

直到马莉出院，两个老奶奶还好好地活着，但她不确定她们俩还会不会好起来，她忽然明白了：人活着，果然是开心最重要呀。

出院以后的很长一段时间，马莉不敢再那么拼命干活，事实上，她重新回到杂志社公司上班后，工作量反而没有以前那么多了，她在适应巨大的工作量后突然轻松下来，还真的有点儿不适应。

让她意外的是，她偶尔还会收到那个很生气地让她立刻去拍片的刘医生发来的信息，问她最近身体怎么样，北京雾霾严重的时候，记得过去医院复诊。

她把这件事当玩笑一样告诉同事，同事都说，那个刘医生可能是想追你。

马莉收到他的信息时，心里会偷偷雀跃一下，她从没谈过恋爱，不知道爱一个人到底是什么样的感觉，但想来，应该是甜的吧，不然她的嘴角为什么会忍不住上扬，甚至是期待刘医生的信息。

她不忙的时候会想刘医生在做什么，她好奇他每天接触那么多病人还有家属，会不会遇到难缠的或者有趣的人，她还会介意他到底谈过几个女朋友，他和他每一个女朋友都有什么故事……

就这样过去大半年，马莉对刘医生的暗恋有增无减，同事们几乎都忘了她曾经大病一场，也忘了刘医生这段小插曲。

马莉没办法对别人说出这份思念，只好偷偷地去那家医院，只为和他偶遇一次。

幸运的是，刘医生那天确实在医院，并且也认出了马莉。

“你怎么来了？”刘医生摘下口罩，露出如沐春风般的笑容。

“我，我刚好经过……”她到底不会说谎，脸庞的红润和眼底滑过的光轻易地出卖了她的情感。

刘医生倍感困惑和意外。

马莉还来不及对他说点儿什么，就听到刘医生主动给某位病人打电话：“张小姐，你的身体最近怎么样？北京最近雾霾比较严重，你有空过来复查一下吧……”

就这么一句话，轻易地敲碎了马莉这大半年来小心翼翼的暗恋。

原来，刘医生不只是对她这么关照，他对接触过的大部分病人都会这样。

原来，是她想多了。

后来，妈妈在老家给马莉介绍了一门亲事，说那个男生是清华毕业的，还在国外留过学，把他夸得非常厉害。

马莉在妈妈的催促下加了对方的微信，还主动问他要不要去看话剧。

“话剧？我看不懂。”

“没关系，我也不是经常看。”

“还是不去了吧，门票应该很贵。”

“不贵，两三百块这样吧……”

“穷人去不起呀。”

马莉想怼他，但终究是忍住了。她把他们的对话截了图，发给妈妈看。马莉的妈妈在微信上跟女儿说：“女儿，是妈妈做得不好，没了解清楚就胡乱给你介绍男生。咱不要受这个委屈，我们家女儿是最好的，管他什么清华北大的，女儿喜欢才是最重要的。”

马莉忽然感动不已，她的父母同样来自农村，也没什么文化水平，可怎么比大部分城里人都要活得通透明白呢。

没有爱情的滋润，平时的交际网也很简单，马莉几乎把所有时间都花在了工作上。

她一手带出来的作者越来越多，还有几位作者成为公司的重点培养对象。她的口碑也在作者圈里迅速传开，许许多多的新人作者也慕名找上她，希望她可以指导自己的作品。

她有三个工作QQ，每一天每一个QQ起码都有七八十人要添加她为好友。

马莉在看过无数篇稿子以后，也开始学着去写稿子，没想到写得还有模有样的。慢慢地,她不仅仅给自己家写稿,她还给别的杂志投稿。她的笔名可谓是五花八门，反正谁都不会从这些笔名上猜到是她本人。

在北京这座偌大的城市里，她不仅有一份稳定的工资，还有额外的稿费收入，她可以随心所欲地给爸妈买东西、给自己买东西，她终于找到一份在大城市里待下去的归属感。

几年以后，马莉的爸妈开始催促她回家，说已经准备好房子和车子了，只差她回来。

她再也没有见过凌晨两三点的北京，也不再病到四十摄氏度差点死去，更没有遇到过像刘医生那样让他动心的男人。

她对手上的工作早已得心应手，闲暇时写的稿子也能赚取一笔可观的稿费，她觉得现在挺好的，但总是差了点儿什么东西。这一晚，她难得失眠，第二天醒来已经过了十点，她从没试过迟到，这算是第一次迟到。

二十名新员工一起看着马莉迟到，老总的脸色变得很难看。

小舞又把她拉到茶水间，对她说：“我听说老总准备裁员……”马莉感觉裁员是一件很遥远的事情，她作为公司的老员工，根本不会遭受这样的对待。

退一万步来说，她手上掌握了那么多作者资源，在行内也有不俗的名声，就算老总一时想不开要裁员，也不会动她。

马莉仍然很负责地带新员工，渐渐地，他们也能有模有样跟进一些项目。所有人都在私底下说，马莉肯定要升官了。马莉听了只是腼腆地笑了笑，她觉得按照资历来说，她是要升一级了，但如果老总没有升她，也没关系。

几天后，是人人期待的晋升大会。让马莉无比意外的是，比她晚来公司一年的小舞竟然升上了副主管的位置，而来了公司还不到半年的新人轻轻松松坐上了小主管的位置。

马莉呢？马莉仍然是责任编辑，底薪不增不减。唯一不同的是，他们杂志社最近来了二十个新人，杂志的版面费被这些新人瓜分掉，她以往的工资还是 万二，现在每个月的工资只有八千多了。

马莉忍不住跑到老总的办公室，想讨一个说法，可她刚跑到老总的办公室门口，就通过那扇没有来得及关严的门缝中，看到小舞坐在老总的大腿上，跟他说悄悄话。

她的脚步像灌了铅一样沉重得抬不起来，她忽然明白了很多。

马莉辞职时，老总装模作样地说了一些挽留的话，可她心意已决，婉拒了老总的好意。

是啊，她突然想明白了，她出身不太好，家里没后台没背景，努力拼搏了几年，辛辛苦苦攒下那么多作者资源，其实也比不过那些想方设法走后门的。

看上去很纯洁简单的杂志圈也有潜规则，更不用说其他行业。马莉不愿意同流合污，只能拍拍屁股走人。

她走那天，面无表情地抱着纸箱从很多人的眼前走过。从前和她有说有笑的人,这一刻都只是愣愣地看着她。谁也没有冲上来跟她说话。他们看她的眼神都不一样，很快又转移视线忙自己的事情去了。

马莉买了许许多多的东西，然后回了老家。

爸妈都没料到她会突然回来，妈妈嗔怪地说她怎么不提前打声招呼，爸爸连忙推掉和棋友的邀约。马莉显得很高兴，喝了点儿小酒，脸庞红润，透着明艳的光泽。

“妈，我不回北京了，我留在家里好不好？”马莉知道父母一直催她回家，可这句话要从自己嘴里说出来，还是无比的艰难。

到底是亲人，妈妈一下子就看出她的不妥。

“马莉,你是不是在北京受到什么委屈了？跟妈说,妈替你理论去！”

马莉一肚子的委屈，忽然都像气泡一样消失得无影无踪。

她的父母，看着很平庸，但最简单也最朴实。马莉忽然庆幸，她的父母一辈子也遭遇不到她碰到过的糟心事。

马莉的同学都好奇，她怎么会突然离开北京，回老家去了。

马莉总是笑而不语，也不说自己在做什么，反正总是一脸神秘的样子。

半年后，马莉宣布她成功注册了一家文化工作室，虽然只是一家代理工作室，只是帮新人作者寻找他们的出版方向，但她心里依然充满了自豪感。

最让她感动的是，爸爸和妈妈一直默默地支持她，他们不知道什么是文化工作室，只会在她熬夜的时候送来消夜暖汤，可她觉得这是最大的幸福。

离家久了，才知道家的可贵。

马莉不后悔离开北京回老家，她感激这段北漂的经历，因为感激，才会更珍惜回家以后所做的一切。

她已经不是四年前的马莉。

现在的她，更自信，更勇敢，会通过自己的双手，争取自己想要的一切。

既然生活不能事事如意，那么，做一些力所能及的，能让自己过得安心舒服的事情吧。

每一天都是崭新的，付出过的努力，总有一天会得到应有的回报。

不急，会有这么一天的。

热 雪

在我还没和盛雪成为好朋友以前，在我还没和她被分到一个班以前，我一直以为她是“别人家”的孩子。

长得漂亮，成绩又好，经常跟在老师屁股后面帮忙做事，相比较我这种平庸得一丢进人群眨眼就找不到的存在，盛雪这样看上去乖巧又懂事的孩子，才是父母和老师最喜欢的。

我自己平凡得不值一提，但却喜欢和身上会闪光的孩子做朋友。盛雪和其他被父母宠得像掌上明珠的女孩不一样，她平易近人，亲切礼貌，和她成为好朋友是很幸福的事情。

盛雪是我十四岁的时候玩得最好的朋友。

小学毕业升初中的那一年，我竟然和盛雪分到同一个班，在这之前我和她有共同的好朋友，我主动找她聊天，没多久便理所应当地成为很好的朋友。

有一次学校组织体检，体检一向只用半天时间，剩下的半天也不上课，盛雪问我去哪儿玩，我随口一说“去你家呗”，因为我家住得远，所以当时是真的很羡慕可以走路就能到学校的同学。

盛雪几乎是想也不想就答应下来：“好啊，那就去我家。”

那天是工作日，盛雪的爸妈不在家。我其实很少去别人家玩，也不是真的非去她家不可，可不知怎的，我看得出来盛雪很想带我去她家参观。

等真的走到她家，我忽然很想提议不如去别的地方玩，可她已经热情地把我拉进她家里了。

我一进去，只看到铺天盖地的黑。

盛雪家住在一楼，长年见不到阳光，她打开一盏灯，可照出来的光昏黄昏黄的，我还是觉得黑。

他们家是长方形的形状，进了门是客厅，再往前走只有一个小房间，我提着脚步小心翼翼地往里面走去，赫然看到盛雪的书桌旁是一张双人床。不用想，双人床肯定是她爸妈睡的，那她睡哪里。

“盛雪，你平常睡哪里啊？”我竭力控制，不让自己的声音过分颤抖。

她浑然不觉我的表情有什么不妥，只是平静地伸手指向我的身后，我顺着她手指方向回头看，才发现我的头顶上还有一层小阁楼，盛雪就睡在小阁楼里面。

她平时依靠一把长长的梯子爬上去，不用的时候梯子自然被收起来，如果不是我问，肯定不会发现他们家里的楼上还有这么一个玄妙的地方。

也就是说，盛雪长这么大也没有自己的房间，因为阁楼底下就是她爸妈睡觉的那张床。我猜就算某一个人翻个身，其余两人也会听得一清二楚吧。

我哪里想到，我曾经以为的白富美学霸同学，原来住在环境这么恶劣的小房子里。

“我妈平时都不让我带人来的，没想到你会想来我家，我很开心呀。”

后来过去很多年，我依然能想起来当时盛雪脸上的笑容，她因为拥有朋友而感到快乐。

我和她都没想到，盛妈妈会突然回来，她看到我的时候，眼底划过一抹不自然。

我回头愣愣地看着她，盛雪身材匀称，身高过了一米七，看着营养均衡的样子。但盛妈妈则一副营养严重不良的样子，她很瘦，太瘦了，身材像一根竹竿，脸上没有多余的肉，两只眼睛镶嵌在深深凹陷下去的脸颊上。

我大胆猜测，如果我在深夜碰到她，肯定会被吓一跳。

“盛雪，你怎么这时候回来？”盛妈妈装作不经意地问。

“妈，不是跟您说过了，今天学校体检。”

“哦，我忘了。”

“这个是我的同学，叫……”盛雪热情地向她妈妈介绍我。

“阿姨，您好。”

“我知道你，盛雪和我提过你。”

我倒没想到盛雪妈会知道我，简单地和她打过招呼后，盛雪把跟客厅隔离的帘子拉上，让我坐在她平时写作业的书桌前，她则站在那儿陪我说话。

我总感觉盛雪的妈妈在偷听我们说话。

盛雪妈妈几乎每隔几分钟就会直接拉开帘子进来，问我们要不要喝水，问我晚上要不要留下来吃饭，又或者是抱一台小风扇进来对着我吹……

我浑身不自在，最后问盛雪要不要去附近的流花湖公园走走，她没多想，笑着答应了。

后来我从我和盛雪共同的朋友口中得知，盛雪妈妈有多不招人喜欢。

她对盛雪很严格，从小就对她灌输类似“你已经输在起跑线上了，要在半路急起直追”或者“你不仅要读好书，将来也要嫁一个有钱的老公”，有时候甚至会说“盛雪，妈妈什么也不能给你，但你要知道，妈妈是爱你的”这样的话。

每次去麦当劳，盛雪妈妈都只给女儿买一份吃的，而她自己不吃，干坐着看盛雪吃。盛雪早已经习惯这种模式，她知道妈妈很疼自己，所以她要在她面前多吃，吃得很开心，那么妈妈就会高兴。

很多年后，我再一次想起盛雪妈妈，都还觉得她那么瘦完全是因为心理压力太大导致的。

她自己的人生过得失败，只好把所有希望统统砸到盛雪身上，她渴望女儿出人头地，从此摆脱这悲哀又困苦的人生。

我无法想象，盛雪那时候怎么还能那么单纯，换作是我，如果我妈每天在我耳边念叨，我肯定早就发疯了。

我当时并没有看不起盛雪，相反，我觉得她活得太不容易了。

我没见过她爸爸，但听共同的朋友说，盛雪她爸有一台小面包车，专门给别人送货的，哪里需要拉货，他就开车去拉。至于盛雪妈妈，她没有正经的工作，她要留更多的精力和时间关注盛雪的学习，她每天中午和晚上都去附近邻居家里做饭，忙完就回家做饭，基本上，她很少吃东西，都是看着盛雪吃。

每天晚上，盛雪妈妈都雷打不动地坐在盛雪身后看着她把作业写好，把功课复习好，之后才会去洗澡休息。

我无法想象别人坐在我背后，一直维持着不动的姿势，看着我写作业的模样，我肯定会被吓坏。

我没想到，那次去过他们家后，盛雪妈妈开始隔三岔五地往我家里打电话，问我功课做得怎么样，这次考试成绩怎么样，还问我最近盛雪有没有认识新的朋友。

如此几次以后，只要家里电话响，我就有点儿害怕，想象着电话那头盛雪妈妈那营养不良、忧心忡忡的样子，我只好让我爸妈骗她说我不在家。

盛雪不知道这些事，我也不知道怎么跟她说，她还是对我很热情。她知道我成绩不怎么好，尤其是理科，作为数学课代表的她时常主动问我有没有不懂的题目，她要是知道就会告诉我。

我很珍惜盛雪这个朋友，可她主动喊我去她家吃饭时，我想也不想就拒绝了。

“为什么啊？”盛雪的眼睛像小鹿一样纯净透亮，我有时候希望她多接触一些人，这样她就能慢慢明白她妈妈对她的教育方法不完全正确。

“没啊，我们也可以去别的地方。”

“是我妈妈喊你到我们家吃饭，她做饭可好吃呢。”

好吧，既然是盛雪妈妈喊的，我不答应就说不过去了。

我对那次吃饭的经历记忆犹新。

小小的客厅里，一张小圆桌就占了半壁江山，桌子上摆了三样菜，白切鸡、白灼虾和一盘蒜蓉炒菜心。

吃饭时，盛雪妈妈一直给女儿夹菜，好像怕她饿肚子一样；而她自己的饭碗里，不仅米饭少，就连菜最多也就是两根青菜。

盛雪妈妈很快就吃完了，搁下碗筷后，便和我所想的一样，一直眼巴巴地看着盛雪吃饭。我倒显得很尴尬了，头皮发麻，只好有一句没一句地和盛雪说话。我当时心里在想，盛雪啊，难道你没感受到你妈妈的眼神？

吃完饭，盛雪妈妈找了个借口把盛雪支走了，直接问我盛雪在学校的表现，和什么同学交往，名字都要说出来，还问我她有没有和哪个男孩子走得很近……

我终于崩溃了，说：“阿姨，您有问题可以直接问她啊。”

她大概没料到我会这样，很吃惊地看着我，问：“阿姨问一下还不行吗？你不是她最好的朋友吗？”

其实盛雪看着人缘不错，但深交的朋友，还真没几个。可我听到她妈妈这么说，没觉得开心，反而觉得很沉重。

那天以后，我做了让我这辈子都后悔的决定。

我开始疏远盛雪。

疏远一个人最有效的方法，就是迅速和别人成为好朋友。我只好这样做，经常和一个其实也没什么话聊的同学一起玩。

后来盛雪每次来找我，我都推脱说要和另外一个人一起走。我看到盛雪的眼里充满了迷茫，她大概想不明白，我们明明那么好，也没有吵过架，怎么会忽然之间变成这样？

我也没办法和她说明白。

终于有一天，我和盛雪在卫生间里撞见了，等我从里面走出来时，我看到她一直在等我。

她回头看我的眼神，竟有几分像她妈妈。

“你为什么一直躲我？”盛雪直接问我。

我不敢告诉她，我觉得她妈妈太可怕，所以害怕和她继续做朋友。

盛雪什么也没做错，她还是我认识的那个盛雪，单纯美好，对认可的朋友也很好。

她似乎也猜到原因，只是想亲口听我说出来而已。

“是因为我妈妈吗？”

我还是不敢回答她。

可我绝对没有想过，盛雪妈妈会亲自到我家来，她和我妈聊得很开心，当我放学回家看到这一幕的时候，我有点不敢相信，因为眼前的女人，不太像我之前认识的那个盛雪妈妈。

盛雪妈妈说，盛雪最近很不开心，她特意来，是想问我和盛雪是不是吵架了。

我摇摇头，说没有啊。

盛雪妈妈走之前看了我很长时间，最后只是若有所思地摇摇头。那天以后，我再也没有见过她。

直觉告诉我，我和盛雪再也回不到从前了。

她的人缘仍然很好，我既希望她可以认识新的朋友，又不希望她交到知心朋友。

让我意外的是，盛雪妈妈也没再打电话到我家。我明明该感到庆幸的，可心头又有一种说不明白的情绪在弥漫泛滥。

半年以后，我们要去另外一所学校参加中考，我没想到的是，盛雪和我被分到同一间教室。

长大后的我一直在想，其实我和她有做好朋友的缘分，如果当时我没有躲避她，我们兴许会成为一生的挚友也说不定。

可这个世界上，没有所谓的“如果”。

考语文前，一个男同学给我塞来一张纸条，我打开，赫然见到盛雪的字迹：中考加油，我的好朋友。

不知道是我考试发挥超常，还是盛雪发挥失常，我和她再次考入同一所高中。

这次，我和她没分到同一个班级，而是相邻的班级，我松了一口气，终于不用那么尴尬了。

盛雪很快就有了新的朋友，偶尔在走廊上碰到我，会微笑着朝我点头。

走在她身边的女孩好奇地看了我一眼，然后扭头问她：“你认识隔壁班的人啊？”

“嗯，初中同学。”她当时，是这么回答的。

我回头看着她和别人渐行渐远的背影，想起她曾经写过的纸条，忽然觉得胸口闷闷的，像是被一块大石头压着，沉得搬不动，也透不过气。

盛雪的人生并没有如她妈妈所愿。她的成绩很普通，考上一所很一般的 A 类大学，大学四年也没有谈过恋爱。

我想，盛雪长大以后应该会想明白当年我主动疏远她的原因，可她到底不会原谅我，因为比起我，她的妈妈才是她这一生最大的依靠。

盛雪没有做错，盛雪妈妈也没有做错，她不过是太爱自己的女儿了，她之所以像押宝一样将全部期许都押在盛雪身上，不过是因为她希望自己的女儿将来能过上很好的生活。可怜天下父母心，每一对父母都不容易，这么一想，盛雪妈妈确实没有做错。

但盛雪却被我狠狠地伤害了，她肯定觉得是我不够理解她，所以才会推开她。

后来的很多年，我和盛雪都没再见过。

直到二十七岁，盛雪才谈第一段恋爱，恋爱的对象是一个普通人，没有富裕的家境，连工作也很一般。

我听说这件事情的时候觉得很吃惊，我仍然记得十几年前，盛雪妈妈说过的话。

朋友告诉我，盛雪妈妈在盛雪大学毕业不久后就病逝了。

盛雪当时很难过，她没有办法完成妈妈的愿望，自始至终都只是一个普通人，我无法想象她是怎么撑过妈妈离世后的那段时间，也不知道她有没有想明白，她妈妈那种窒息的爱，让其他人都感到惧怕。

可那是她的妈妈，她没有办法推开妈妈的爱。

几年前的一个深夜，有一通来自茂名的电话打到我手机里，因为是陌生的号码，所以我没接，也没理。我这才想起，盛雪大学念的是茂名学院……所以那通莫名其妙的电话，是她打来的吗？

我一直不敢问她。

最后一次听到盛雪的消息，是朋友给我截的图，说盛雪和男朋友结婚了。我这才发现，我根本没有盛雪的微信，于是又打开 QQ，找到盛雪，想要点进去看她的空间。

结果发现，不知道是在哪年哪月哪天，盛雪把我删掉了，我无法查看她的任何信息。

我们不是好朋友吗？我们早已不是好朋友了。

这时，我的脑海里忽然涌入很多破碎的、不完整的小片段——是十四岁那年，当时她还不认识我，她的脸上洋溢着阳光一般灿烂的笑容，我看着她的笑容，觉得她一定有一段丰富美好的人生，于是不知不觉地走向她，和她说第一句话，成为她的朋友。

我的眼角莫名一阵潮热，低下头，一颗眼泪赫然掉在了手机屏幕上。

也好吧，至少这一刻我知道，她以后会过得很幸福。

即使这样的幸福，寻常得随处可见，可我只要一想到那个过着寻常幸福日子的人是盛雪，我就会觉得十分安心。

尽管，她的人生已经与我无关。

我 过 得 很 快 乐

有一段时间，我在微信上卖高仿鞋子。

没办法,人在特别穷的时候,总是想方设法想要多赚钱。遇到小夏，纯属偶然。贴吧或者微博上有许许多多人在卖衣服和鞋子，他们都宣称自己是一手货源，自己带的货是最好的，而我就在这千千万万的声音中，选择了小夏。

正确的说，我选择当小夏的代理，我帮她把鞋子卖出去，她负责发货，我只要提供顾客的基本信息即可。鞋子卖出去了，我可以轻轻松松赚差价，她赚钱的同时我也有一点儿收入。

我还记得跟小夏下第一单时，我的心情无比紧张，虽然钱不多。我在把钱转进她的支付宝前，犹豫了很长时间，害怕她是骗子，害怕她刚收到我的钱立刻把我拉黑……这样的情况，不是没有发生过的。

幸运的是，我没那么倒霉，小夏不是骗子。

几天以后，我的第一位顾客收到了鞋子，并且拍了照片给我，说鞋子质量不错，以后还会继续光顾。

就这样，我糊里糊涂地成了微商。刚开始做的时候，我还很勤快地发广告，一天发几条，后来我发现我的一些朋友把我删除或者拉黑以后，面子有些挂不住，渐渐地便不发广告了。到最后，只有少数几个人还记得在我这里能买到物美价廉的鞋子。

我有我的工作，有我的稿子要写，卖鞋子也只是抱着一种试一试的心态。

但小夏不一样，她从三年前就一个人跑去了 P 城，和千千万万自称是一手货源的人一样，在鞋子工厂附近租一间房，每天下午一两点起床，吃完饭就开始发图，然后抽空回复顾客和代理的信息，日落前停止下单，晚上七八点吃完饭，九十点以后就骑车去工厂拉货，亲自检查质量，凌晨三四点写快递单，通常要忙活到清晨六七点，才能去睡觉……

认识她几年，我慢慢地成为她的朋友。

有一次深夜，我坐火车去另外一个地方。她发完货，就在微信上找我，说我下单的鞋子有点儿瑕疵，她明天晚上再去拿一双新的。

不知怎的，我和她聊了起来。

我问她，选择这样的生活，有没有后悔过？

她很久没有回复我，久到我以为她已经累得睡过去时，手机闪了一下：“嗯，有后悔过。”

她只发过来几个字，我却觉得无比沉重。

小夏曾经也是一个品学兼优的好孩子。

她可以说一口流利的英语，可以解出一道看似无解的数学题，也可以洋洋洒洒写出一篇被老师当范文来阅读的作文……

但她再厉害，也只是曾经。

大学念完后，小夏和其他应届毕业生一样，往不同的公司投递简历，然后去参加面试。

生活基本都是如此，所谓的轰轰烈烈，大概只有小说或者电视上才能看得到。

她说，有一天她和之前一样，早上六点就爬起来了，化妆打扮然后转了三趟地铁去到要面试的公司。她到那家公司以前，还以为自己是最早过去的，没想到前面已经排了三十几个人，而那家公司只录用两个人。

她当时排在队伍的最后，看着前面一个个不认识的陌生人，觉得她和所有人都一样，像待价而沽的货品，没有一丝朝气和灵魂。等待的时间漫长得过分，她想了很多，甚至想到，她就算侥幸被录用，从明天开始正式上班，谁又能保证她可以一直在这家公司待下去。

如果都是要养家糊口，为什么她不做点儿自己感兴趣的，偏偏要做这种朝九晚五，却一眼看到头的工作？

想通以后，她当着所有人的面决绝地离开。

去 P 城以前，她没想过自己有一天会卖高仿品。

小夏像很多人一样，念书的时候没有多少钱，更没办法去专卖店买正品鞋子和衣服，她的衣服都是从淘宝或者小店淘来的。她一直梦想着将来赚到钱以后，要给自己买一件正品的衣服，或者一双正品的鞋子。

有一次，她和朋友聊天，发现她新买的鞋子不错，细问才知道原来是高仿品。小夏觉得，朋友的鞋子比她以前从街边小店买来的鞋子，质量好太多。后来朋友告诉她，她是直接从P城拿货的。

“P城？”

“对，那是中国最大的高仿品集中地，其实很多高仿品做得跟正品差不多……”

她自己也买了一双P城发货的鞋子，仔细研究了几天，发现鞋子的做工很精致，穿起来的感觉也不错。是高仿品又怎么样？穿得舒服价格又实惠，就已经够了！她的脑海里忽然跳出一个疯狂的想法。

后来，小夏一个人扛着行李去到P城，她打电话给这个朋友，朋友说她“你真的疯了”，她乐呵呵地充满斗志，说：“嗯，我是疯了，我决定要来闯一下！”

如果不是盛产高仿品，很多人肯定不知道P城这个地方。P城不大，各种各样的鞋厂、加工厂把这座小城包围得密不透风。

最开始的八个月，小夏确实没有赚到太多。她只是一个女孩子，要和一帮男生去工厂拿货，自然不如人家动作娴熟和利索。而且这边很少有人单干，都是找亲戚或者朋友一起合伙的，多少人不远千里万里来到这个地方，就是为了拿到一手资源，然后发展各种各样的下线，把货物转卖出去。

最开始小夏懵懵懂懂的，永远只有挨欺负的份儿。

P 城的工厂太多，她也不是一开始就会看鞋，也因为买过许多劣质的鞋子而被顾客投诉。她不断地总结经验，最后决定去最大的鞋厂，拿最好的货。

她觉得，鞋子贵一点儿没关系，只要质量好，到时候回头客多起来，她多花出去的钱也会赚回来的。

工厂工人在这里做了很多年，很少看到有女孩子一个人来创业的，都觉得她很厉害。小夏也很乖，偶尔带点儿吃的给这些劳苦功高的人，久而久之，鞋厂老板也开始对小夏关照起来。

她其实也不是没有一点儿优势，她擅长玩微博、贴吧和微信，每天都能坚持发各种各样的广告。为了招揽更多的生意，她最开始发展代理，给的价格都很便宜，也不收代理费，一双鞋子有时候只赚一二十元，可要经历和其他买家抢货，熬夜写单和发货，还有生物钟紊乱等磨难。不仅如此，她还不时地弄一些点赞送红包、点赞送鞋子这样的活动，不仅要留住顾客，还要吸引更多的人加她，关注她。

渐渐地，口碑做出来了，鞋子的质量又好，越来越多的人找她买鞋。

小夏当时真的高兴坏了，总感觉像做了一场梦一样，她却浑然不知，她来 P 城快两年了。她能拥有越来越庞大的顾客群体，完全是靠她自己一点儿一点儿积攒起来的。

除了要打乱正常人的生物钟，以及利润不高以外，小夏最害怕的就是工商局的人。

虽然全世界的人都知道，P 城出产的东西是高仿品，他们这些卖家也按照行规只敢在晚上拿货，可工商局的人隔三岔五就会来检查一下，只要一检查，肯定有几天不能做生意。

当然还有别的因素影响生意，例如晚上下暴雨。小夏曾经试过有一晚下暴雨的时候硬着头皮去拿鞋子，可回来的路上差点遇到车祸，要知道，她当时要是真的出了什么意外，相当于她这个月都白干了，一分钱也没赚到。

所以她后来学聪明了，天气十分恶劣的话，就不去拿货了，一切以安全为重。

在 P 城待了几年，和各种各样的工人还有鞋厂老板打过交道，她变化最大的地方，就是学会圆滑了。

她有时候也不知道变得圆滑是好事还是坏事。她现在已经可以做到“见人说人话，见鬼说鬼话”，和顾客在微信上聊天也是，即使见不到对方的模样，但也能从简单的三言两语中察觉到她是否有心买鞋。

当然，她也总是遇到各种各样奇葩客人。例如买了鞋子回去，故意穿烂，又说是发货时就烂了的，她会一遍遍耐心解释，鞋子都是她亲自检查才发出去的，如果有问题，要么是快递，要么是顾客的问题。

小夏不怕吵架，她一直坚信公道自在人心。如果别人有心诬蔑她，她会很生气，也会据理力争，把对方闹得不敢再说话为止。

几年过去，她发现自己越来越喜欢卖东西了，除了赚到很多的钱，她还获得一种满足感。那是一种无法用任何词语形容上来的感觉。

可她有时候还是会觉得很低落。

例如老同学问她现在在做什么，她很诚实地说卖高仿鞋，同学的脸上会露出一种想笑又不敢笑的表情。这样的表情，深深地刺痛了她。

她没觉得卖高仿品有什么不好，难道是她认知错误？这世界上的人难道都买得起几千甚至几万块一双的正品吗？

他们凭什么取笑她的工作？

同学不认同就罢了，小夏的父母也不赞成她继续干这样的事。他们一开始没反对，是想要她自己知难而退，哪儿想到她反而坚持了下来，一直在卖高仿品，还卖得越来越好。

“可是，你终究要嫁人啊，难不成一辈子留在P城？”

爸妈语重心长的话又一次刺痛了她的心，她确实没想过一辈子留在P城，可这几年，她也没有要离开的打算。

这一年过年，小夏赚了不少，年二十六就提前回家和爸妈团聚。她很孝顺，给爸妈买了很好的营养品，可爸妈的脸色始终好不到哪里去。

她还在同学聚会上遇到高中时期疯狂暗恋过的男神，当事业有成却仍然单身的男神问她在哪里高就时，她还是很诚实地告诉人家，她现在在P城，卖高仿品，包括鞋子、衣服，等等。

男神的脸色瞬间变得微妙起来。

算了算了，小夏当晚这么跟自己说，她从最开始决定要去P城，就没想过会得到别人的支持。那是她自己的人生，她自己做主。

后来，小夏和我说，她虽然有后悔过，但这样的感觉一闪即逝，她始终觉得，自己在做一件很了不起的事情。

几年过去，她已经申请了三个微信号，还雇了一个小弟，帮忙回复顾客信息和配送。她不仅仅卖高仿鞋、高仿衣服，还卖手表、包包等。发展的产业虽然多了，可她仍然坚持自己亲自去监督质量，亲自发货，确保顾客收到货的时候，不会失望。

她今年夏天还有一个特别隆重的计划——她准备亲自飞一趟东南亚，和当地的卖家谈一些合作的事情。

她刚来 P 城的时候，肯定不敢想象，她有一天会和东南亚那边的人产生合作关系。

可不管这个计划最后能不能实现，她无比明确的一点是，她如果不主动踏出那一步，就没有任何可能。

她无比庆幸，当年她勇敢地踏出了那一步。

梦想的力量

我认识阿喜的时候，她只有十九岁。

她重读了一年高三，但还是没考上好的大学，后来她不顾父母的反对早早地出来工作。

那会儿我刚去湖南工作，我比她大三岁，因缘巧合之下我和她成为室友，合租一套二室一厅的房子。

阿喜年纪虽小，但是她很成熟，平时在家都是她做饭烧菜，还多做一份给我吃，我负责刷碗就行……后来她发现我连刷碗也不太会，索性把我的活儿也抢去，我不太好意思，就在买菜的时候多给一些钱。

她又不同意，每次都把我多给的钱塞回我手里。

“我们都一样，从外地过来打拼的，谁都不容易，我也没必要让你吃亏。”

“可我不做饭也不洗碗……”

“那你负责每天丢垃圾就好。”

她这人很细心，轻轻松松一句话就化解了我心中的尴尬和不安。从此，倒垃圾就变成了我的活儿。要是阿喜心情好，还会多研究两道新菜，做给我吃，每次都没有让我失望。

就这样,我和阿喜合租了半年的时间。有一次,我们一起出去吃饭，她突然问我周末有没有空。

我说：“有啊，怎么了？”

“你可以陪我去一个地方吗？”

看她欲言又止、神神秘秘的模样，我还以为她是想让我陪她相亲去。

等周末一到，阿喜来敲我的房门，我开门就看到她脸上精致的妆容，这更加印证了我心中所想。

等到了才知道，阿喜哪里是要去相亲啊……她带我坐了很久的公车，最后来到一个人超级多的地方。

时隔多年，我已经不记得超级女声的海选现场在哪儿了，可永远忘不掉海选现场的画面。

那么多人心怀梦想，可最后真正能实现梦想的，又有几个。

“这是做什么？”

那会儿是长沙最热的时候，阿喜精心准备的妆已经花掉，她很懊恼没有带化妆品来。

“她们都是来唱歌的。”阿喜也被眼前这大阵仗给吓到，喃喃地回了我一句。

“那你来做什么？”我抬起手遮挡刺眼的阳光。

“我也是来……唱歌。”说到最后“唱歌”二字，她声如蚊呐，仿佛不打算告诉任何人，只是在跟自己说话。

就像我的梦想是写作一样，阿喜的梦想是唱歌。

“梦想”这个词该怎么说呢，每个人都会有自己的梦想，有一些人只是把梦想两个字挂在嘴边，从未想过要去实现，而有一些人是一直朝着他们心中的梦想默默地努力着，想着有朝一日可以实现。

最开始，阿喜并不把唱歌当成是自己的“梦想”。

她记得大概是五六岁的时候，有一年过年，家里一共来了二三十个亲戚，小孩子要排着队去爷爷和奶奶面前表演节目。

有的小孩表演背诵，有的小孩表演跳舞，轮到阿喜的时候，她心想，糟糕，我什么也不会，要表演什么呢。

其实当时大人们之所以叫每个小孩轮流去长辈面前表演，只是图一份热闹，但阿喜的爸妈希望自己女儿可以比其他小孩厉害一些，感受到父母殷切的眼神，阿喜眼睛一闭，选择唱歌。

她当时唱的是某一部卡通片的片尾曲。她唱得磕磕巴巴，可所有亲戚都夸她唱得好。

升上小学后，阿喜听从父母的意见，不论怎么样也要在班上谋个一官半职，她看了那么多课代表的名称，觉得音乐课代表比较清闲也不累，便自告奋勇地竞选音乐课代表。她也是有勇气，别的小孩上台竞选都是自我介绍，她不一样，她一上台就唱歌，台下的小孩自然同意选她。

后来过去很多年，她顺顺利利地读完小学、初中，每次班上有什么唱歌的节目，没有人去，她就顶上。

渐渐地，所有同学，或者是认识阿喜的人，都说她唱歌好听，像是被洗脑了一般，阿喜也慢慢觉得自己在唱歌这一方面是有天赋的。

升上高中后，她不仅听流行音乐，还听重金属，还自学吉他。她在网上浏览过很多明星的百度百科，看到那么多人成名前都是默默无闻的，她开始梦想着，有一天她红了，她从前的那些经历也会被编辑到百度百科里面去。

别人的高三都是放下一切爱好冲刺高考，阿喜不一样，她慢慢地迷失了自己，沉迷在音乐中不可自拔。

高考前两个月，学校举办了一场十大歌手比赛，整个高三除了她，就只有几个不打算高考的人参加，其他的都是高一和高二的学生。

当时她赢得很轻松，毫无悬念地闯进决赛，最后拿了第二名。

“你当时是什么感觉？”我听她说到这里，忍不住插了一句嘴。

“当时啊，很膨胀，觉得自己很快就要红了吧。”她苦笑，继而失落地摇头。

拿到所谓的第二名以后，阿喜心想，我也许也可以像很多明星那样，当一名歌手？这辈子只专注唱歌，活到老，唱到老。

同样毫无悬念的是，阿喜的高考成绩惨不忍睹。她爸妈唉声叹气，让她再复读一年。

她心不甘情不愿地复读了一年。那一年里，她几乎每天都要做题，哪儿也去不了，幸好她还能听歌。

只是一年后，她的高考成绩比第一次还要差。

“算了，读一所民办学校吧。”阿喜的爸妈想让她自费念大学，钱由他们来出，可阿喜一句话就打消了他们的念头。

“我不读书了，我出去打工，也可以减轻家里的负担。”

是的，阿喜家的经济条件一般，更何况她还有一个聪明的妹妹，她当时还傻傻地认为，自己是唱歌的料，妹妹是读书的料，两姐妹将来都会为爸妈争光。

那时候，阿喜十八岁，她的同学已经准备升大二，过着多姿多彩的大学生活，她却南下来到深圳，像很多歌手还没成名前那样，去不同的酒吧应征驻唱歌手。她甚至计划好了，一晚上跑三家酒吧，每一家酒吧唱五六首歌，累是累点儿，但有收入就可以了。

到时候她可以和同学炫耀，她虽然没念大学，但选了一条更明朗的道路。

然而现实却是，许多酒吧老板听完她唱的歌以后，都委婉地让她回家等消息。她等了很久，竟然没有一家酒吧给她回复。

她当时住在居民楼里的家庭旅馆，睡三十块钱一天的床位，这种旅馆每天都有不同的来深圳找工作的人，别人问她来深圳做什么时，她都回答说自己是一名歌手。

很多人听到她的回答，只是笑笑不说话，直到一个三十几岁的大姐听了，毫不留情地戳穿了她：“喂，姑娘，你有这个梦想是好事，可你也得有这个实力啊。”

当时，阿喜的脸红成了虾子，她为了证明给那个大姐看，就把吉他拿了出来，想当着她和其他人的面，用实力反驳大姐的话。

她一口气唱了两首歌，其中一首是拿下校园十大歌手比赛第二名的歌，范玮琪的《最初的梦想》。

结果等她唱完，大姐拍拍屁股走远：“还以为有多好听呢……给我家儿子打电话去咯。”

“当时，我觉得肯定是旅馆里的人睁着眼睛说瞎话，因为从小到大，很多人都说我唱歌好听。”

“那你觉得自己唱得好听吗？”

“好听啊。”

之后的一年时间，阿喜只要看到有唱歌的比赛，哪怕路途再遥远，她都买票赶去参加。

她永远不会忘记自己第一次参加唱歌比赛时候的样子。

她去的是长沙，一个家电品牌为了吸引顾客来买家电，举办了一场小型的唱歌比赛，虽然不是正经比赛，但奖金很丰厚。

同样的，去参加的人也很多。

阿喜在台下听了很久，很多人都是来玩的，她觉得这些人都不可能会赢，相反，她是真的来参加比赛的，她应该可以进决赛。

阿喜忘了自己是第几个上台的，她只记得自己饿了一天，双腿发软，撑着一口气唱完一首歌后，台下那些不专业的评委只说了一句：“这位选手的声音太小了。”

“我可以再唱一次吗？”阿喜拔高声音，企图看到奇迹发生。

台下的人都在笑话她。她肯定是电视剧看多了，评委们怎么可能只给她一个人重唱的机会。

后来，她陆陆续续去了许多不同的地方参加唱歌比赛，统统没有撑过海选。

这一年中，她没有回过家，也不敢回家，她无法想象回去以后要怎么面对父母和妹妹，更无法和别人解释她这一年来跑过的地方，参加过的比赛。

原来她唱得并不怎么样，别人口中说的“好听”，只是父母长辈顾及孩子才这样说的，只是同学或朋友找不到第二个可以上台唱歌的人才这样说的。

后来，妹妹打电话来说想她了，阿喜害怕妹妹会问她这一年的情况，可妹妹何等聪明，她只字不提，只是温柔地说，姐姐要是觉得累了，就回家吧。

阿喜那会儿正站在十字路口，不知该往东走还是往西走。她虽然知道自己把这辈子的脸都给丢光了，可就在这一瞬间，妹妹暖心的话，让她想明白了所有事情。

她不该往东，也不该往西，而是应该往后走，退回原点，重新开始。

她唱歌真的不好听，她也当不了所谓的歌手。那么，她就把唱歌当作是业余爱好就好了，谁说喜欢唱歌就一定要当歌手？梦想之所以是梦想，也是因为有一部分人，他们的能力不足以实现自己的梦想。

可是人生，还有无数种可能，阿喜含泪答应了妹妹的请求。

回了一趟家，阿喜的爸妈没有像她所想的那样责备她，作为父母，他们希望阿喜重新念书，但阿喜觉得，她不当歌手，也可以做其他事情。

于是，阿喜来到距离她家只有几小时车程的长沙，她这一次不敢离家太远。她研究过美容美甲，所以在一家美甲店当学徒，负责把女性客人的手指甲弄得美美的，偶尔心情好了会哼一两段歌，她的老板告诉她，“快乐女声”的海选要开始，问她要不要去玩一下。

于是，她拉着我来到海选现场。

“所以，你其实还想当歌手……”我不敢置信地说。

“没有。”阿喜呼了一口气，“我是来唱歌的，但我也是来玩的。”

排了两小时的队，阿喜终于进去了，她举着一块牌子拍了一张半身照，然后和分到一组的女生走进一个小格子间里，我远远地站在外面等着，但这个距离足够我清楚地听到从里面飘出来的歌声。

轮到阿喜，她唱的竟然还是那首《最初的梦想》。

“最初的梦想紧握在手上 / 最想要去的地方 / 怎么能在半路就返航 / 最初的梦想绝对会到达……”

也许是经历多了，又也许她看开了，阿喜用充沛的、真实的感情唱这首歌的副歌部分，竟然让我觉得很有共鸣，至少我觉得比刚刚听到的十几个人唱得要好很多。

出来的时候，她的脸红红的，红润中带着光亮。

细看，她原来是哭了。

“里面的老师说我音准不是很好，其他都没什么问题，你不知道，这是我参加过那么多次比赛以来，得到过最好的评价，而且我认为是最诚恳的评价。”

明明还是和以前一样，难逃再一次被淘汰的命运，可阿喜笑得非常开心，连还在排队等着进去海选的女孩都感到莫名其妙。

几年以后，手机网络直播开始流行起来，阿喜顺利成为某一款直播软件的主播，她每天晚上下班后，吃完饭收拾好就会开直播，给粉丝唱唱歌，顺便跟他们聊聊天。

后来，有粉丝说她唱歌好听，她也只是笑笑，说一声谢谢，然后聊起其他话题。

虽然她的梦想实现不了，但是她觉得，喜欢唱歌真的是一件很棒的事情。

她感到心安，也感到满足。

能找到一件自己感兴趣，并且愿意为之奋斗的事情，就算最后的结果不太好，没有得到预料的收获，但至少我们认认真真付出过心血，我们也应该为自己感到骄傲和自豪。

老 友 求 救 信 号

紫语又失恋了。

可让我诧异的是，这次失恋，她没有找最好的朋友林汐倾诉，反而打电话给我，哭诉了整整一个晚上。

在她对我哭诉的时间里，我一边思考她为什么会打电话给我，一边回想大学时代我和她还有林汐三人的友情。

其实说起来，我和紫语并没有那么熟！这年代谁没有失过恋，又不是第一次谈恋爱，如果每次失恋都要搞这么大的阵仗，别说当事人，就是那些陪当事人熬过那段时间的朋友也已经够惨的了。

眼看我的手机要没电了，我终于忍不住打断她："紫语，我有点儿事，不能再听你说下去了……"

哪儿想到她抽了一下鼻子，惨兮兮地说:“你再陪我一下可以吗？”

“真不行，你怎么没找林汐啊？”印象中，她和林汐才是最好的朋友，是像连体婴儿一样的那种好。

听到我提林汐，紫语沉默了，我还以为她是有事走开了，正当我准备挂电话时，她那哀怨又懊悔的声音悠悠传来：“我和林汐闹翻了，她根本不打算理我了。”

我一直羡慕紫语有林汐这样的好朋友。对我这种始终让人感到疏远的人来说，就算身边不缺朋友，也做不到和一个人的关系亲密到那种程度。

紫语和林汐认识很多年了，从初中开始就是很好的朋友，难得的是这份友谊从小时候一直延续到他们大学毕业。

作为紫语的大学同学兼室友，我非常羡慕紫语和林汐之间的友谊，我当时还听说，林汐是为了紫语才留在本地读大学的，她心中也有去往别的城市闯荡的决心，可到底放心不下这辈子最好的朋友，怕她在这座城市里，找不到第二个像她那么好的朋友。

可再好的友谊，也不会一直无坚不摧。

大二下学期，紫语终于赶了一回时髦，和自己班上的一名男同学确立了恋爱关系。其实对当时的紫语来说,谈恋爱的想法并没有多强烈,她只是看别人都在谈，莫名地觉得如果自己在大学的时候不谈一场恋爱，简直是浪费了这大好的时光。后来她思考了几天，故作矜持地答应了那个男生的追求。

她这段初恋，一谈就是一年半的时间。

她明确地知道自己并没有很喜欢那个男生，可随着时间的流逝，她慢慢习惯了那个男生的陪伴，和他对她无微不至的照料，多了一个人可以分享开心的或者难过的事情，好像感觉也不赖。

当然，她谈恋爱的那段时间里，林汐还是她最好的朋友。

可以这么说，凡是认识紫语的人，不论男生女生，都知道她最好的朋友是林汐，两个人的关系是出了名的好。

后来，紫语不可避免地经历了第一次失恋，作为最好的朋友，林汐当然是一听到消息就火速赶来我们学校找她。

林汐也是够朋友的，她那会儿正在参加一场自费的会计考试，但为了紫语的情绪能平复下来，她毅然决然地弃考了，整整半个月的时间，她都寸步不离地陪在紫语身边，这件事情，她从来没跟紫语提过。

后来，紫语的情况好一些了，林汐的爸妈打电话问她会计考试怎么样，她支支吾吾好久，最后对父母说出实情，差点儿把两位老人气晕过去。

那时候的林汐并没有觉得错过考试是一件很大的事情，她想着明年再交钱考也是一样的，紫语的心情才是最重要的。

她那时候确实是这样认为的。

有些人是这样的，经历过几次恋爱，自己也会变得成熟稳重一些。有一些道理，是看一百本书都学不会的，要自己亲身体验过才能明白。

林汐后来也谈过恋爱，也经历过残忍的分手，可她自我修复的速度很快，因为比起小情小爱，她认为学业、技能知识还有将来的就业方向这些事情才是更重要的。

她自己也明白，紫语在感情上比较幼稚，但她一直没戳穿过，因为她们是最好的朋友，不该嫌弃对方身上的任何缺点。

后来几年，紫语又陆陆续续谈过几段无疾而终的恋爱。让林汐觉得不可思议的是，紫语每次失恋，都像第一次失恋那样，整个人崩溃得不行，什么事情都做不了，除了哭就只能哭。

就连她爸妈也对她这种状态束手无策，每一次，紫语能找的人只有林汐。她就像是把她当救命稻草一样，死死抓着，不肯松手，林汐要一直陪着她，直到她慢慢走出来为止。

林汐觉得，一次可以，两次也勉强可以，但每一次都这样，她也有点儿受不了。每次电话或者微信响，她都心惊肉跳的，怕又是紫语被甩了，找她求救。

这个世界上比恋爱有意义的事情，确实多了去了。林汐是把紫语当好朋友，才会在她每次失恋的时候，一次次放下手头上的事情，赶过去陪她、安慰她和照顾她。但这不代表，她要一直这样纵容她，因为让她感受失恋之苦的人不是她林汐啊！

导火索是紫语上一次分手，林汐那会儿正在准备姐姐的婚礼，她答应要当姐姐的伴娘，可紫语失恋了，也不管林汐在忙什么，就让她赶过去陪她。

林汐疲惫地说："紫语，你到底什么时候才能长大？我不可能每一次都陪你一起失恋啊，我也有自己的个人生活，有自己要忙的事。"

"啊？你什么意思？你以前不是这样的……"

"我以前纵容你，是看在我们是最好的朋友分上，但这次我不会再纵容你，也是因为我们是最好的朋友。"

紫语一时没听懂她这句话的意思，不等她回答，林汐直接挂了电话。

半分钟后，林汐发来一条微信：紫语，快点长大吧，没有人会一直等你长大，也不会有男生一直纵容你的不成熟。等你长大那天，我们还是好朋友。

之后，紫语发现林汐拉黑了她的一切联系方式，以一种最强硬的方式，强迫她快速长大。

听完紫语这些年的故事，我不能说什么，更不能帮她做什么。

后来她说，她努力试着自己一个人好起来，才发现真的好艰难，她渐渐明白，原来之前每一次她失恋的时候，林汐都过来陪她，是多么伟大的一件事。她确实再也遇不到第二个像林汐这么好的朋友了。

我说是啊，不是每个人都像林汐那样，可以这么包容你。

她不知道想起了什么，开始小声地哭了起来。

事情的转折，是八个月以后，林汐家中遭遇巨大变故，这次变故来得突然，而且威力巨大，饶是她一向成熟、内心强大，也让她差点儿支撑不住倒下去。

紫语不知从谁的嘴巴里听说了她家的事，当时还在北京出差学习的她，立刻买了最快一班机票飞回家里，当她赶到林汐面前时，她心疼得不行。

她最好的朋友，什么时候变得这么憔悴，变得这么脆弱？看到林汐在哭，紫语感到鼻头一阵发酸，差点儿掉下眼泪。

“林汐，我来了，一切都会好起来的。”紫语扑过去，一把抱住林汐。

确实，没有人会愿意一直等你长大，如果连最好的朋友都开始嫌弃你，你爱慕的男生又怎么会一而再再而三地忍受下去？要想让别人更好地接纳你、爱上你，首先，你得先自己强大起来！紫语终于明白了这个道理。

紫语想起来，之前她每次失恋，都是林汐不怕辛苦地赶来陪她的，她也对她说过类似的话，虽然听着很乏力，也没有实际用处，可因为是从最好的朋友嘴里说出来的，所以这句话还是让她的心底燃起一丝微弱的希望。

林汐没有说话，只是虚弱地朝她伸出手，抱了抱她。

这时，紫语的电话响了，是公司老总打来的，问她到底什么时候回去上班，她再不回去，就当她旷工处理。

“旷工就旷工，我不稀罕你这份工作！”挂断电话后，紫语看到林汐朝自己弯了弯嘴角，虽然是苦笑，但比哭泣的模样要好看许多。

紫语知道，她这辈子再也找不到比林汐对自己更好的人了，所以，她也要好好对她，她其实，也很珍惜她。

这么好的朋友，错过就再也找不到了。

能陪伴一辈子的朋友，很少也很珍贵。我相信你是会陪我一辈子的那种朋友，而我也不会放弃你。一直一直和你做很好、很好的朋友。

伸 手 可 摘 日 月 星 辰

最后，说一说我的故事吧，我现在是一名图书编辑。

近几年，我已经很少向新认识的朋友提起，我是一个写东西的人。写东西的人，总是被外行人称为“作家”，我其实很不喜欢这个词语，我总觉得“作家”是形容那些在文学创作上获得很大成就的大家，而像我这种默默无闻的，充其量就是一个“写字”的。

“写字”的我，何其有幸在杂志上发表过一些短小的作品，出版过一两本书，可除此以外，没有办法取得更大的成就。我眼睁睁地看着一个又一个后起之秀从我身后追赶上来，他们轻轻松松就超过了我，发表了很多文章，出版了很多长篇作品。而我始终停在原地，一边朝这些不断变小的背影挥手说不，一边还在悲哀地原地踏步。

逢年过节，亲戚会问我，今年出版了什么书，我说没有，他们“哦”了一声就不再问下去。偶尔有人知道我在写东西，会很惊讶地问：“啊？你还在写啊？在写什么啊？可不可以送我看看？”

其实，人的耐心真的很有限，我知道这些人或许是真的关心我，可是这样的关心，并不是我需要的。

我记得我是在二〇一〇年开始在一些杂志上发表文章的，那时候我在一所民办学校读书，念一些对将来没有任何用处的课程。那个时候的我，虽然二十岁了，但不管是外貌还是穿着仍然土里土气的，不会打扮，也懒得打扮自己。闲暇时，我就抱着我爸买给我的一台一千块的二手笔记本电脑写字，这台电脑在半年后彻底阵亡，我自己偷偷挪了四千元的稿费买了一台新的笔记本电脑。直到现在，那台电脑仍然在我广东的家里，陪同我一起经历了这些年来孤独又漫长的时光。

我想我二十岁的时候是骄傲的，在一群每天只知道上课、去图书馆的同学当中，我无疑是成功的，我会写东西，我还因此得到在当时来说算是可观的收入，我不用像勤工俭学的同学那样去图书馆或者饭堂做工，我舒舒服服地坐在电脑前敲一下午键盘，就能写完一篇稿子。

那时候，我的同学们都羡慕我，自己班的，隔壁班的，认识的不认识的，都听说过我的名字，他们就算不认识我，也知道我是写东西的。

二十岁的我，通过网络认识了一些也同样在写稿子的朋友，我们还年轻，我们什么都聊，仿佛是认识很久的朋友一样。

三年以后，我有一年的实习时间，我那时候想，我是一位“作家”呀，我肯定要找一些听上去很上档次的工作吧！然而事实却是如此的残酷，我面试了好几家公司，不是公司地址太偏远，就是环境很不好，最后我只能苦兮兮地求我舅舅，让他把我弄进他工作的地方——物流园去。

我在物流园干了一个月，至今想起来，我仍然不敢置信，我竟然在那个地方待了一个月的时间。当时的我,心里怄着一股所谓的“清高”气，我下意识地抵触物流这份工作，我认为这份工作配不上我，而这里的人学识也没有我高，我不屑和他们交谈，更不用说做朋友了。

因为我舅舅的关系，办公室连着车间作业的同事没有一个人敢说我，我总是偷懒，在QQ上和朋友大吐苦水，后来甚至发展到，我在上班的时间看小说，都没有人说我。

一个月以后，我觉得自己实在是受不了，我跑去和我舅舅说，我不干了，我要走。

我舅舅当时很诧异地看着我，但他没有责怪我，只是问我是不是已经想清楚了，如果想清楚了就去找更适合自己做的事情。就这样，我拿着他让财务发给我的两千元，狼狈地离开了物流园。

二〇一一年的秋天，应聘了差不多十几份却统统不合我心意的工作后,我听从了一个网友的建议,只身坐了七小时的火车去到湖南长沙。

在这之前，我凭借自己写稿赚来的稿费去过好多地方，但真正在别的城市生活，还是头一回。

当时的我，不顾父母的反对，义无反顾地跑到一座完全陌生的城市，虽然对未来感到迷茫，但心底还是充满了惊喜。

我那时已经二十二岁了，但矫揉造作的脾气仍然没有改过来，总觉得别人都应该让着我。直到我第一个月的薪水发下来，拿到手大概是一千二百多一点儿的时候，我终于崩溃了。

这肯定不是我想要的生活，这肯定不是我想要的生活啊！我一遍遍这么和自己说。我读过大学，我还会写东西，我应该像别人一样过得舒服自在才对啊，后来有人看不下去，忍不住出声点拨我："你现在抱怨什么？是你自己放弃安稳的生活跑来这边吃苦受罪的，你怨得了谁啊？"

那时候，我才开始意识到，哦，原来这一切都是我咎由自取的。大概,也是从那个时候开始,我再也无法过上别人眼中稳定平常的生活,我开始折腾自己、捉弄自己,每一次都要把自己搞得遍体鳞伤才肯罢休。

我在湖南上了两年的班，可两年过去，我的工作遭遇瓶颈，又无法解决，于是我向上司提出辞职。

我还记得我走的时候，许多朋友哭着叫我不要走。后来我发现，所谓的伤春悲秋真的会随着时间而慢慢忘怀。

离开长沙以后，我迅速回到广东，我和我的小学同学一起筹备一家青年旅社。我们最后把青旅的位置定在广东珠海，几个经济特区里最小的一座沿海城市，但珠海有一条特别著名的路叫作"情侣路"，传说凡是情侣一起走过这条路，他们的爱情都能长长久久，所以经常会有很多情侣来珠海，我们的青旅也因此有了做下去的资本。

在珠海的两年多，我其实并没有收获到任何东西。

经营青旅的第六个月，和我一起合伙的小学同学遇到了她的真爱，然后她把整个摊子都留给了我，说要出去旅行一段时间。

当时我还傻傻地叮嘱她路上要注意安全，钱用完了喊我，我会立刻把钱打过去。后来，我的小学同学和她的爱人在云南大理盘下了一家客栈，她信誓旦旦地和我说，这是我和她的第二家分店，我当时没多想，便把手头上能够挪动的流动资金统统给她打了过去，我当时心里可真高兴啊，想着我们第一家店才开了半年，这么快就要有第二家店了。

后来我才知道，大理的那家客栈，是她和她的爱人一起盘下来的，而我不过是多余的人。她也不过是顺便把我加进去一起合作而已。

我怒极反笑，第一次体会到，什么叫作被朋友欺瞒的滋味。竟是这样，悲伤像一把机关枪狠狠地朝我扫射过来，把我的身体打出许多个窟窿，我福大命大没死成。

后来那段时间，她一直在大理忙着打理她和别人的爱的结晶，我一个人在珠海忙死忙活的，她从来没有关心过。但我终究心软，在回来看我，然后像往常那样冲我笑的时候，我也很没出息地跟着笑了，没有对她说出任何狠话。

一年以后，我提出拆伙，她同意了。

又过了一年，我在珠海靠近拱北口岸的位置，自己做了一家青旅。我当时在心里面默默地跟自己说，我绝对不能输给这个人，我一定要为自己争回一口气！

后来，我那个小学同学又来珠海了，也来到了我自己开的青旅，她嫌弃这里的环境没有之前那家那么好，但我只是默默地想着，你尽管嘲笑，我一个人也能做得很好。

事实上，一个人打理一家青旅确实是一件劳心劳力的事情，旅社的一切事情都是我一个人在管，我必须起得比鸡早，睡得比狗晚，我还睡了将近大半年的沙发。后来我不做青旅了，可是因为那时候累出了毛病，只要刮风下雨我就会腰酸背痛。

因为收入不稳定，我甚至不舍得请义工来帮我看店。时间久了，我的情绪和性格都变得越来越糟糕，我竟控制不住地冲无辜的客人发火，虽然事后无比后悔，但也弥补不了什么。

后来，我崩溃了，受不了了，我后知后觉地发现，我再次选择做青旅，完全是为了给自己争一口气，而不是因为我有多热爱青旅文化和青旅事业。

现在想起来，我在珠海的那两年多的时间，就像是做了一场光怪陆离的大梦，我在这个梦里跌跌撞撞，好不狼狈，我让自己变成了一只可怕的怪物，把身边亲近的人统统吓跑。

除了收获一副变得越来越差的身体外，我没有得到更多。

就在我一次又一次地被残酷、严峻的现实打击得直不起腰来的时候，我重新回到了文学的世界中，我强迫自己用电脑写下一篇稿子。

我没有想过这篇稿子是否能在杂志上刊登，也没想过这篇稿子是否能带给我一些零花钱，我只是感觉到一种久违的、酣畅淋漓的痛快，我能明显感觉到身体的血液在疯狂地流动，每一个细胞都在激烈地尖叫着。

蹉跎了许多光阴后，我才发现，文字才是我这一辈子的归宿啊。

就像，有些人不能不谈恋爱，有些人不能不吃辣，而我，不能不写字。

我知道自己写得不好，不能成为别人口中的“作家”，可是我仍然在写，我相信总有一天，一定会有更多的人看到我写的东西。

我从来没有否认过，我这短短半生太会折腾，一直都在漂泊和流浪，而我的同学们，早早步入婚姻殿堂，结婚生子，过上了又安稳又幸福的美满生活。我的爸妈也不理解我，问我为什么不愿意回家，不愿意结婚。

因为我在这些折腾自己的经历中，一次又一次地收获自己，和自己和解，最后成全了自己！我深深地明白了，如果我和大部分人一样过着平庸又没有障碍的人生，我不会得到额外的眷顾。

正是这一次又一次的失败经验告诉我，我还可以做得更好，我不比其他人差，虽然起点低，但这同样意味着上升的空间会更大！

今年，我二十八岁了，我来到了一个更远的地方——北京，传说中的梦想之都。我知道，我的朋友又会说我："你怎么又跑去别的地方，而且，北京？北漂好苦啊！"

一旦过了二十五岁，就是一个连青春都不复存在的人了。我知道自己不再年轻，但如果不来北京，我肯定会后悔很多很多年。

是的，北漂真的很苦，但是，我深刻地知道我为什么来这里，我要写出一本卖得不错的书，我还要努力转型，我想学会写剧本，我要写出一个好的本子。

我不要再让那些曾经伤害过我的人看轻我，同时，我要向更多人证明我自己，我，已经成为一个更好的我，你们无须再担心。

认准了前路，便只顾风雨兼程。

我愿伸手可摘日月星辰，我也希望自己会成为一颗耀眼的星星。

《愿你独立美好，无惧时光》

作者：罗红玫

情感作家罗红玫写给所有女性的独立之书，热播剧《门第》原著作者连谏倾情推荐。别人会给你很多条条框框，但只有你能定义自己的模样。

《这些都是称得上浪漫的片刻》

作者：谢宁远

90 后新锐作家谢宁远执笔，金马影后周冬雨、当红明星张天爱诚意推荐，赵薇 / 姚晨 / 刘昊然 / 春夏等 20 位明星重新定义后浪漫时代。

《失恋这件小事》

作者：大年年

21 个关于恋爱的坏毛病，21 种有关失恋的小情绪。元气少女大年年恣意书写青春甜酸。在爱情里受伤，在失恋中成长，唯一没有丧失的，是对待爱情的勇气。

《再见了，我的男孩》

作者：佩灵

30 座城市，30 个故事，30 段情感，30 种人生。暖心作者佩灵写给所有失去过的你的勇气之书。最好的再见，不是各自珍重，而是你还能找到自己的人生，还能找到完整的自己。